KB260566

회
심
Исповедь
레프 니콜라예비치 톨스토이 저, 이충우 옮김
대경북스

회심

1판 1쇄 인쇄 2026년 1월 21일
1판 1쇄 발행 2026년 1월 26일

지은이 레프 니콜라예비치 톨스토이
옮긴이 이충우

발행인 김영대
펴낸 곳 대경북스
등록번호 제 1—1003호
주소 서울시 강동구 천중로42길 45(길동 379—15) 2F
전화 (02) 485—1988, 485—2586~87
팩스 (02) 485—1488
쇼핑몰 https://smartstore.naver.com/dkbooksmall
e-mail dkbookss@naver.com

ISBN 979-11-7168-135-8 03890

지은이 소개

레프 니콜라예비치 톨스토이 (1828~1910)

러시아의 대문호 레프 니콜라예비치 톨스토이(Лев Николаевич Толстой)는 1828년 러시아 툴라 지방의 야스나야 폴랴나(Ясная Поляна) 영지에서 귀족 가문의 4남 1녀 중 4남으로 태어났다. 어린 시절 부모를 잃고 고독과 관찰 속에서 성장했다. 카잔대학에서 동양어와 법학을 공부했으나 중도에 그만두고, 1850년대 초 크림 전쟁에 참전한 뒤 문학에 입문했다. 군 복무를 하며 《유년시절》, 《소년시절》, 《세바스토폴 이야기》 등을 발표했고, 이후 《전쟁과 평화》(1869), 《안나 카레니나》(1877)를 통해 러시아 사실주의 문학의 정점에 오르고 세계적인 명성을 얻었다. 그러나 문학적 성공의 절정인 50대 전후로 죽음과 삶의 의미에 대한 내적 위기를 겪으며, 자신의 명성과 부, 가족,

문학적 성취에도 불구하고 정신적 허무함에 빠졌다. 삶의 의미를 찾지 못한 그는 자살 충동에 시달리며 신앙과 존재의 근원을 탐구하기 시작했다. 그 깊은 고뇌가 《Исповедь》 집필로 이어졌으며, 이 작품은 그의 인생과 작품 세계에서 중대한 전환점이었다. 톨스토이는 그의 나이 54세(1882)에 《Исповедь》를 완성하고 러시아에서 출판하려 했으나, 당시 종교적, 철학적 저술은 정부의 검열을 통과해야 했는데, 검열 단계에서 정교회의 교리와 정부 질서에 반하다는 이유로 통과되지 못했다. 이에 톨스토이는 같은 해에 《Исповедь》의 초판을 스위스 제네바에서 비공식적으로 출판해야 했다. 《Исповедь》를 통해 톨스토이는 자기 성찰과 신앙의 필요성을 깨닫고, 이후 단순한 삶, 채식, 금욕, 비폭력, 사랑과 자기 완성에 중점을 두는 새로운 사상을 구축했다.

이 책은 톨스토이의 종교적 고백이자 철학적 탐구의 기록으로, 그가 귀족 문인에서 신앙적 구도자로 전환하는 분기점을 이룬다. 그는 이 책에서 이성의 한계를 통렬히 자각하고, 민중의 단순한 신앙 속에서 삶의 진리를 발견한다. 교회와 국가, 사회 제도에 대한 근본적 의문을 제기하며, 인간의 본성과 윤리에 더 깊은 관심을 갖게 되었고, 《나의 신앙》(1884), 《사람은 무엇으로 사는가》(1885), 《인생론》(1887), 《예술이란 무엇인가》(1898), 《부활》(1899), 등 후기 주요 작품들은 모두 이 새로운 사상 아래 탄생했다. 1901년 그의 소설 《부활》 때문에 러시아 정교회로부터 파문을 당하는 등 사회적, 종교적 갈등을 겪기도 했다, 생의 말년에는 문학가라기보다 도덕적, 종교적 구도자로서의 삶을 살았던 그는 마지막까지 인간의 존엄과 사랑, 윤리적, 청빈한 삶을 추구했다.

톨스토이는 1910년 11월20일 82세의 나이에 아스타포보 철도 간이역에서 세상을 떠났다.

일러두기

1. 독일어/영어 버전에서의 이중번역이 아니라 러시아어 원문을 직역하였습니다.
2. 원문의 맛을 그대로 전하기 위해 의역을 최대한 자제하여 번역하였습니다.
3. 원문에는 원래 차례가 없습니다. 본서의 차례는 독자의 이해를 돕기 위해 번역자가 16장 각 장의 핵심 주제로 구성한 것으로, 책속에는 원문처럼 로마자 I~XVI로만 각 장을 구분하였습니다.
4. 원문에는 원래 삽화가 없습니다. 본서의 삽화는 번역자의 자체 작업물입니다.
5. 톨스토이가 책속에서 인용한 성경 전도서의 구절들의 번역은 대한성서공회 개역개정판을 준용하였습니다.
6. 본문에서 [   ]안의 글은 독자의 이해를 돕기 위한 번역자의 주석입니다.

차 례

회
심

—

Исповедь

(출판되지 않은 작품의 서문)

Л. Н. ТОЛСТОЙ

　나는 정교회의 기독교 신앙 안에서 세례를 받았고 양육되었다. 나는 유년기부터 청소년기와 청년기 내내 정교회 신앙을 배웠다. 하지만 18살이 되어 대학교 2학년때 중퇴했을 때 나는 내가 배웠던 그 어떤 것도 더 이상 믿지 않게 되었다.

　몇몇 회상들로 판단해 보면, 나는 한번도 진지하게 믿지를 않았었고, 다만 내게 가르쳐 준 것과 어른들이 내 앞에서 신앙고백하는 것들 정도에 대해서만 믿음을 가졌던 것 같다. 그런데 이 믿음마저도 매우 불확실했다.

　기억하건대 내가 열한 살쯤 되었을 때 지금은 이미 오래전 세상을 떠난 발라진카 M.이라는 한 중학생 소년이 일요일에 우리에게 와서는 최신 소식이라며 학교에서 있었던 한 가지 발견을 우리에게 설명해 주었었다. 그 발견의 내용이란 것이 하나님은 없고 우리가 배운 모든 것은 허구라는 것이었다(1838년의 일이었다). 이 새로운 소식에 형들은 관심을 가졌고 토의하는 자리에 나도 불렀었던 것으로 기억난다. 또 내 기억으로는 우리 모두 크게 호들갑을 떨었고 이 소식을 마치 뭔가 아주 흥미롭고 꽤 그럴 법한 것으로 받아들였었다는 것이다.

더 기억나는 건 나의 형 드미트리가 대학에 다니면서 갑자기 그 특유의 열정으로 자신을 신앙에 바치고 모든 예배에 참석하고 금식하고 순결하고 도덕적인 삶을 살기 시작했을 때 우리 모두, 심지어 어른들도 그를 계속해서 비웃었고, 어떤 이유에서인지 그에게 노아라는 별명을 붙였었다. 우리를 자신의 무도회에 불렀었던 당시 카잔 대학의 후원자였던 무신-푸쉬킨이 춤추기를 사양하는 형을 "다윗도 언약궤 앞에서 뛰놀며 춤을 추었었다."며 조소 섞인 말로 설득했던 기억이 난다. 나는 어른들의 이런 농담에 공감했고, 교리문답 책을 배우는 것과 교회에 가는 것은 물론 필요하지만 이 모든 것에 너무 심각하게 빠져들어서는 안 된다고 결론내렸다. 또 기억나는 건 내가 아주 젊었을 때 볼테르의 책을 읽었는데 그의 조소들이 내게 불쾌감을 주지 않았으며 오히려 매우 나를 유쾌하게 했다는 것이다.

내가 신앙에서 멀어지는 일은 우리네 교육 방식 하에 자란 사람들에게 과거에도 있었고 지금도 일어나고 있는 것처럼 내게도 일어났다. 내가 볼 때 대부분의 사람들은 그저 다른 모든 사람들이 사는 방식대로 살아가고 있다. 모든 사람들은 처음의 어떤 원칙대로 살아가고 있고, 종교적 교리와 아무런 관련이 없을 뿐만 아니라 오히려 대체로 종교적 교리에 배치되는 상황 속에서 살아가고 있다. 교리는 삶에 관여하지 않으며, 다른 사람과의 관계에서 교리로 충돌할 일이 없고, 자신의 삶 속에서도 교리를 들먹일 필요가 없다. 이 교리는 삶에서 멀리 떨어져 삶과 무관한 어딘가에서 홀로 고백되고 있다. 만일 당신이 교리와 맞닿게 된다면, 그것은 단지 삶과 무관한 외부 현상일 뿐이다.

어떤 한 사람의 삶과 그의 행실들로 보아, 과거에는 어땠는데 지금은 어떠한가를 가지고 그가 믿는 사람인지 아닌지를 도무지 알 수가 없다. 만일 그리고 실제로도 정교회를 공개적으로 따르는 사람들과 이를 부정하는 사람들 사이에 차이점이 있다 해도 믿는 사람들이 더 나아서 그런 것은 아닐 것이다. 예나 지금이나 정교회를 공히 인정하고 따르는 것은 대부분 어리석고 잔인하고 부도덕하고 자신을 매우 소중하게 여기는 사람들에게서 나타나곤 한다. 총명함과 정직함, 솔직함, 선량함과 도덕성은 대체로 자신을 무신론자라고 칭하는 사람들에게서 찾아볼 수 있다.

학교에서는 교리문답 책을 가르치고 학생들을 교회에 보낸다. 공무원은 성찬식에 참여했다는 증명서를 제출해야 한다. 그러나 더 이상 학교에 속하지 않고 공직에 몸담고 있지 않는 우리와 같은 부류의 사람들은 옛날에는 더욱 그랬지만, 지금도 자신이 기독교인들 사이에서 살고 있으면서 스스로 기독교 정교회 신앙을 따른다고 단 한 번도 떠올리지 않은 채 수십 년을 살 수 있었다.

따라서 이전과 마찬가지로 현재에도 신뢰에 따라 받아들여지고 외부 압력에 의해 지탱되는 교리는 그 교리에 반하는 삶의 지식과 경험에 의해 서서히 녹아내리고, 사람은 매우 자주 어린 시절부터 자신에게 전달된 교리가 여전히 자신 안에 있다고 상상하면서 오랫동안 살아가는데, 교리는 이미 오래전에 흔적도 없어져 버렸다.

똑똑하고 진실한 사람인 S가 자신이 어떻게 믿음을 버렸는가를 나에게 이야기해 주었었다. 스물여섯 살 때, 그는 어릴 적부터 몸에 밴 오랜 습관에 따라 사냥을 하러 산장에 갔을 때 저녁에 기도하려고 일어섰다. 함께 사냥을 하던 그의 형이 건초 위에 누워 그를 지켜보고 있었다. S가 기도를 마치고 눕자 형은 그에게 "아직도 이러고 있니?"라고 물었다. 그러고는 그들은 서로에게 더 이상 아무 말도 하지 않았다. 그리고 그날부터 S는 기도와 교회에 가는 것을 그만두었다. 이후로 30년 동안 그는 기도하지 않았고 교회에 가지 않고 성찬식에도 참여하지 않았다. 그가 형의 신념을 알았고 거기에 동화되었기 때문도 아니고, 그의 내면에서 어떤 결심을 했기 때문도 아니고, 단지 형이 한 이 말이 그 자체의 무게로 막 무너지려고 한 벽에 손가락만 갖다 댄 것과 같았기 때문이었다. 이 말은 그가 믿음이 있다고 생각했던 곳이 이미 오랫동안 텅 빈자리였다는 것을, 따라서 그가 말한 단어들과 그가 기도하면서 만든 십자가 성호와 절은 상당히 의미 없는 행동이었다는 것을 의미했다. 그 무의미함을 깨달은 그는 더 이상 그런 행동을 계속할 수 없었던 것이다.

나는 이것이 예전에도 그랬지만 지금도 여전히 대다수의 사람들에게 해당되는 일이라고 생각한다. 나는 우리의 교육을 받은 사람들에 대해 얘기하는 것이고, 자기 자신에게 진실한 사람들에 대해 이야기하고 있는 것이다. 신앙의 대상을 일시적인 목표를 달성하기 위한 수단으로 삼는 사람들에 대해 이야기하는 것이 아니다(이런 사람들이 가장 뿌리 깊은 불신자들이다. 왜냐하면 그들에게 신앙이 무언가 세속적인 목적을 성취하기 위한 수단이라면 이것은 이미 신앙이 아니다). 우리 교육을 받은 사람들은 현재 지식과 삶의 빛이 인위적으로 지어진 건물을 녹여버린 상황 속에 놓여 있다. 그리고 그들은 이미 이것을 알아차리고 자리를 비웠거나 아직도 이것을 알아차리지 못했다.

어린 시절부터 내게 전해진 신앙 교리는 다른 사람들과 마찬가지로 내 안에서 사라졌다. 다만 차이점이 있다면 나는 아주 어릴 때부터 많은 것을 읽고 생각하기 시작했기 때문에 매우 이른 시기에 의식적으로 교리를 포기할 수 있었다. 나는 열여섯 살부터 기도 생활을 멈추었고, 자발적으로 교회에 가는 것과 성찬례를 준비하는 일도 그만두었다. 나는 어릴 때부터 배운 신앙을 더 이상 믿지 않았지만, 그래도 무언가를 믿고 있었다. 그러나 내가 정확히 무엇을 믿고 있었는지는 스스로도 말할 수 없었다. 나는 하나님을 믿었으며, 아니 오히려 하나님을 부정하지는 않았다고 할 수 있지만, 어떤 하나님인지 말할 수는 없었다. 나는 그리스도와 그의 가르침을 부정하지도 않았지만, 그 가르침이 정확히 무엇인지도 말할 수도 없었다.

지금에 와서 그때를 떠올리면서 나는 분명하게 본다. 나의 신앙 즉, 동물적 본능 외에 내 삶을 움직였던 유일한 참된 신앙은 자기 완전성을 향한 믿음이었다. 그러나 그 완전성이란 무엇이며, 그 목표가 무엇인지는 스스로도 말할 수 없었다. 나는 지적으로 나 자신을 향상시키려 노력했다. 삶이 나를 이끄는 대로 부딪치며 배울 수 있는 모든 것을 배우려 했다. 나는 의지를 단련시키려 노력했다. 스스로 규칙을 세우고 그것을 따르려 했다. 육체적으로도 완벽해지려 했다. 각종 운동으로 힘과 민첩함을 기르고, 여러 가지 극기 훈련을 통해 인내와 참을성을 기르려 했다. 그리고 나는 이 모든 것을 완전해지는 것이라고 여겼다. 처음에는 도덕적 완전함이 출발점이었다. 그러나 곧 그것은 일반적이고 보편적인 완전성으로 대체되었다. 즉 스스로에게나 하나님 앞에서 더 나아지고자 하는 것이 아니라, 다른 사람들에게 더 나아 보이고 싶다는 욕망으로 변질되었다. 그리고 아주 빠르게, 다른 사람들보다 더 나아지고 싶다는 욕망은 다른 사람들보다 더 강해지고 싶다는 욕망으로 변했다. 즉 다른 사람들보다 더 영예롭고, 더 중요한 사람이 되고, 더 부유해지고 싶다는 욕망으로 변질되었다.

Ⅱ

언젠가 나는 내 삶의 역사- 젊은 시절 십 년간의 감동적이고도 교훈적인 역사를 이야기할 것이다. 나는 정말 많고 많은 사람들이 비슷한 경험을 했을 것이라고 생각한다. 나는 온 마음을 다해 선한 사람이 되고 싶었다. 하지만 나는 젊었고, 내 안에는 강한 욕망이 있었으며, 무엇보다도 내가 선함을 추구할 때 나는 혼자였다. 완전히 외톨이였다. 나의 가장 깊은 내면에서 우러나오는 소망, 즉 도덕적으로 선한 사람이 되고 싶다는 열망을 표현하려 할 때마다, 나는 경멸과 조롱을 마주해야 했다. 반면, 내가 추악한 욕망에 빠질 때면 사람들은 나를 칭찬하고 격려했다. 명예욕, 권력욕, 탐욕, 색욕, 교만, 분노, 복수심 등 모든 것들이 존중받았다. 내가 이러한 욕망에 빠질수록 어른스러워 보였고, 사람들이 나로 인해 만족스러워한다는 것을 느꼈다. 나와 함께 살았던 나의 자상한 이모님은, 세상에서 가장 순수한 사람이었는데, 그녀는 나에게 항상 내가 기혼 여성과 관계를 맺으면 더 바랄 게 없겠다고 말하곤 했다. "Rien ne forme un jeune homme comme une liaison avec une femme comme il faut."(젊은 남성을 성장시키는 것은 교양 있는 여성과의 관계만큼 좋은 것이 없다.)

그녀는 나에게 또 다른 복을 빌어주었는데, 그것은 내가 부대의 부관이 되는 것이었고, 가능하다면 황제의 부관이 되는 것이 가장 좋다고 했다. 그리고 그녀가 내게 빌어준 가장 큰 복은 아주 부잣집 여자와 결혼하여 그 결혼을 통해 가능한 한 많은 노예를 가지라는 것이었다.

공포심과 혐오, 그리고 가슴 깊은 고통 없이는 이 시절을 떠올릴 수 없다. 나는 전쟁터에서 사람들을 죽였고, 살인을 하려고 결투를 신청했으며, 카드 도박으로 돈을 탕진했고, 농민들의 노동을 착취하며 그들을 괴롭히고 기만하며 방탕한 생활을 했다. 거짓, 도둑질, 온갖 형태의 음란, 술취함, 폭행, 살인… 내가 저지르지 않은 죄악이 없었다. 하지만 그럼에도 불구하고 사람들은 나를 칭찬했고, 내 또래들은 나를 비교적 도덕적인 사람으로 여겼었고 지금도 그러하다.

그렇게 나는 십 년을 살았다.

이 시기에 나는 허영심과 탐욕, 그리고 자만심으로 글을 쓰기 시작했다. 글을 쓰면서도 나는 현실의 삶에서와 똑같은 짓을 했다. 명성과 돈을 얻기 위해, 좋은 것은 감추고 다른 것을 드러내야만 했다. 셀 수도 없이 여러 번 나는 내 글 속에서 내 삶의 중요 의미를 구성하는 선을 향한 열망을 무관심과 심지어 가벼운 조소의 모습으로 가장하여 교묘하게 감추는 데 애를 썼다. 그리고 나는 그것에 성공했고 칭송을 받았다.

스물여섯 살이 되던 해 전쟁이 끝난 후 나는 쌍트페테르부르크로 돌아와서 작가들과 어울리게 되었다. 그들은 나를 자기들의 일원으로 받아들였고 나를 치켜세웠다. 그리고 나는 되돌아볼 새도 없이 어느새 내가 어울렸던 사람들의 신분과 계층에 걸맞는 작가적 인생관을 내 것으로 받아들이게 되었고, 더 나아지려는 이전의 나의 모든 시도들은 내 안에서 완전히 지워져 버렸다. 이러한 인생관은 내 방탕한 생활을 정당화하는 데 근거를 제공해 주었다.

이 사람들, 나의 작가 친구들의 삶에 대한 관점이란 삶은 일반적으로 계속 발전하고, 이 발전 안에서 우리, 즉 의식 있는 사람들이 주요 부분을 차지하고 있는데 그 의식 있는 사람들 중에서도 우리 예술가와 작가들이 가장 중요한 영향을 미친다는 것이었다. 우리의 소명은 사람들을 가르치는 것이다. '내가 무엇을 알고 있고 무엇을 가르쳐야 하는가?'라는 원초적인 질문을 회피하기 위해, 이 이론에서는 그런 것은 알 필요도 없고 예술가와 작가는 그냥 본능적으로 가르친다는 것을 분명히 했다. 나는 뛰어난 예술가이자 작가로 여겨졌기 때문에 나는 너무도 자연스럽게 이 이론을 내 것으로 체화시켰다. 예술가이자 작가인 나는 스스로는 무엇을 가르쳐야 하는지 모르면서도 글을 썼고 가르쳤다. 그 대가로 사람들은 나에게 돈을 지불했고, 나에게는 훌륭한 음식과 집, 여자들, 사교계 모임이 생겼다. 나는 명성을 얻었다. 무엇을 가르치든 내가 가르치면 그것이 바로 매우 좋은 것이 되어버렸다.

시의 의미와 삶의 발전에 대한 이러한 믿음은 신앙이었고, 나는 그 신앙의 사제 중 한 사람이었다. 신앙의 사제가 되는 것은 매우 득이 되고 즐거운 일이었다. 그리고 나는 이 신앙의 참됨을 의심하지 않고 충분히 오랫동안 이 신앙 안에서 살았다. 그러나 그러한 생활을 시작한 지 이년째 되는 해에, 특히 삼 년째 되던 해에 나는 이 신앙의 무결성에 의심을 갖기 시작했고 이에 대해 탐구하기 시작했다. 의심을 품게 된 첫째 동기는 이 신앙의 사제끼리도 의견이 항상 일치하는 것은 아니라는 것을 알아차리게 되었다는 것이다. 한쪽 사람들이 말하길 우리가 가장 훌륭하고 가장 유용한 교사들이며, 우리는 필요한 것을 가르치고, 다른 사람들은 잘못 가르친다고 말했다. 그러면 다른 쪽 사람들은 아니야, 우리가 진짜이고 당신들이 잘못됐다고 말했다. 그리고 그들은 서로 반목하여 논쟁하고, 다투고, 서로 욕하고, 기만하고, 속이기 일쑤였고 단지 우리의 활동을 통해 자기 자신의 시리사욕을 채우려는 목적만 달성하려는 사람들도 많았다. 이 모든 것들이 나로 하여금 우리 신앙의 진정성을 의심하게 하였다.

이외에도 작가들의 신앙 자체의 진정성에 대해 일단 의심하게 된 뒤로 나는 그 신앙의 사제들을 더욱 주의 깊게 관찰하기 시작했는데, 이 신앙의 사제들 대부분, 즉 작가들은 부도덕한 사람들이며, 대다수가 악한 사람들이며, 천박한 기질들을 가진 사람들이라는 것에 놀라게 되었다. 내가 과거에 방탕하게 군 생활을 하면서 만난 사람들보다도 훨씬 저

급한 인물들이었다. 하지만 그들은 마치 자신들을 완전히 성결한 사람들처럼 생각한 것이었는지 아니면 성결함이 무엇인지조차 모르는 사람들처럼 자기 확신에 차 있었고, 자아도취에 빠진 사람들처럼 보였다. 그때 나는 사람들에게 혐오감을 느꼈고, 나 자신에게도 혐오감을 느꼈다. 그리고 마침내 나는 이 신앙은 기만이라는 것을 깨달았다.

그러나 이상하게도 나는 이 신앙이 모두 거짓임을 알아차리고 그 신앙은 버렸음에도 불구하고, 이 사람들이 나에게 부여한 신분, 즉 예술가, 작가, 교사라는 신분을 내려놓지는 못했다는 것이다. 나는 시인이고, 예술가이며 스스로는 무엇을 가르치는지도 모르면서 모든 사람을 가르칠 수 있다고 순진하게 상상했다. 그리고 나는 그렇게 행동했다.

이런 사람들과 어울리면서, 악한 고질병을 새로 얻었다. 그것은 바로 내 스스로 무엇을 가르쳐야 하는지 모르지만 어쨌든 나는 사람들을 가르치도록 부름받았다는 교만과 광적인 자신감이었다.

이제 와서야 그 시절을 떠올리며 당시의 나의 기분과 그 사람들의 기분(그런데 지금도 그런 사람들은 수천 명이 있지만)을 생각해 보면, 나는 안타깝고 두렵고 동시에 우스꽝스럽다고 느껴진다. 그때의 감정은 마치 정신병원에 있었던 듯한 느낌이 들 정도이다.

당시 우리 모두는 말하고 또 말하고, 글을 쓰고, 인쇄하는 일이 필요하다고 확신했다. 그것도 가능한 한 빨리, 가능한 한 많이 해야 하는데 이 모두가 인류의 복리를 위한 일이라고 생각했다. 우리들 수천 명은 서로를 부정하고 욕하면서도 끊임없이 글을 쓰고, 인쇄하고, 남을 가르쳤다. 그러나 우리는 정작 인생에서 가장 단순한 질문 "무엇이 선하고, 무엇이 악한가?"에 대해서조차 어떻게 답해야 할지 몰랐다. 우리는 서로에게 경청하지 않으면서 모두가 동시에 떠들어댔고, 때로는 인정받고 싶고 칭찬받고 싶어서 서로의 응석받이가 되어주고 서로 치켜세우기도 했으며, 때로는 초조해하고 상대를 큰소리로 억누르려고 했는데 이것은 마치 정신병원에 있는 것과 똑같았다.

수천 명의 노동자들이 밤낮으로 있는 힘을 다해 일하며 수백만 개의 단어들을 짜맞추고 인쇄하였고, 우체국은 이것들을 러시아 전역에 실어 날랐다. 그래도 우리는 계속해서 가르치고, 가르치고 또 가르쳤지만 모든 것을 가르치기에는 역부족이었고, 사람들이 우리 말을 잘 안 듣는 것에 우리 모두는 화가 났다.

당시에는 말도 안 되게 이상했지만 이제 보니 이해가 된다. 우리가 진정 마음 속에서 추구하는 것은 될 수 있는 한 많은 돈을 벌고 칭송을 받는 것이었다. 이 목표에 도달하기 위해 우리는 책과 신문을 쓰는 일 이외에 다른 일들은 할 줄 몰랐다. 우리는 이것을 해왔다. 하지만 우리가 그렇게 무의미한 일을 하면서도 우리가 매우 중요한 사람들이라는 확신을 가지기 위해서는, 우리의 활동을 정당화해 줄 논리가 필요했다. 그래서 우리는 다음과 같은 논리를 고안해 냈다. 존재하는 모든 것은 이성적이다. 존재하는 모든 것은 발전한다. 그리고 모든 것은 계몽을 통해 발전한다. 계몽의 척도는 책과 신문의 보급이다. 우리는 책과 신문을 쓰는 대가로 돈을 받고 존중받기 때문에, 우리는 가장 유용하고 훌륭한 사람들이다.

우리 모두가 이 논리에 동의했다면 매우 좋았을 것이다. 그러나 누군가의 논리에 반하는 논리를 다른 이가 제기하기 마련이어서, 우리는 이를 통해 더 나은 방향으로 생각의 전환을 했어야 했다. 하지만 우리는 이를 깨닫지 못했다. 우리는 돈을 받았고, 우리 편에 있는 사람들이 우리를 칭찬했기 때문에, 우리 각자는 자신이 옳다고 생각했다.

　이제 나에게 그때의 상황은 정신병원과 조금도 다를 바 없었다. 하지만 그 당시에는 어렴풋이 이를 의심만 했을 뿐이고, 다른 모든 미친 사람들이 그러하듯이 오직 나만 빼고 다른 모든 사람들을 정신병자라고 불렀다.

Ⅲ

　나는 결혼할 때까지 육 년 동안을 더 그렇게 완전 정신이 나간 채로 살았다. 그 당시 나는 외국에 나갔었다. 유럽에서의 생활과 선구자 같고 학식 있는 유럽 사람들과의 교제는 내가 평소에 신앙이라고 믿고 살았던 완전한 신앙에 대해 더욱 많은 확신을 주었다. 왜냐하면 내가 바로 신앙이라며 찾던 것을 그들에게서 발견했기 때문이었다. 이 신앙은 내 안에서 우리 시대에 교육받은 사람들 대부분에게 있는 보편적인 형태로 나타났다. 이 믿음은 '진보'라는 단어로 표현되었다. 당시에는 이 단어가 무언가 의미심장해 보였다. 살아 있는 사람이 그러하듯 '어떻게 더 나은 삶을 살 수 있는가?'라는 질문에 고뇌하는 내가 진보적으로 살아야 한다고 대답하는 건 이는 마치 배에 탄 사람이 파도와 바람에 휩쓸리면서도, 그에게 가장 중요하고 유일한 질문인 "어디로 향해야 하는가?"에 답하지 않고, 그저 "우리를 어디로든 데려다줄 거야."라고 말하는 것과 다를 바 없다는 것을 깨닫지 못했다.

당시의 나는 그것을 알아차리지 못했다. 다만 이따금 이성이 아니라 감정이 삶을 이해하지 못하는 자신을 숨기기 위해 사람들이 방패로 삼았던 당대의 모든 미신에 반하여 격분했었다. 그렇게 내가 파리에 머물던 시절, 사형 집행을 목격하면서 나의 미신이었던 진보의 불안정성이 드러나고 말았다. 머리가 몸에서 분리되고, 양쪽이 따로 상자 안에서 부딪히는 광경을 본 순간, 나는 이성이 아니라 존재 전체로 깨달았다. 현존하는 어떠한 합리성과 진보의 이론들도 이 행위를 정당화할 수 없었다. 그리고 세상의 창조 이래로 인류가 어떠한 이론에 따라 이것을 필요한 것으로 규정했다고 하더라도, 나는 이것이 필요하지 않으며 악한 것임을 알았다. 따라서 무엇이 선하고 필요한지를 판단하는 기준은 사람들의 말이나 행동이나 진보가 아니라, 바로 나와 나의 마음인 것을 깨달았다.

진보를 숭상하는 삶이 불충분함을 인식하게 된 또 다른 사례는 내 형의 죽음이었다. 똑똑하고 선하고 진지했던 사람이었던 형은 젊었을 때 병에 걸려 일 년 이상 고생하다가 자신이 무엇 때문에 살았는지를 깨닫지 못한 채, 더욱이 왜 죽어야 하는지도 아예 이해하지 못하고 고통스럽게 죽었다. 형이 서서히 고통스럽게 죽어가는 동안 어떠한 이론들도 이 질문들에 대해 나나 형에게 아무런 답을 해줄 수 없었다.

그러나 이처럼 의심하는 것은 극히 드문 일이었고, 실제로 나는 진보로 향하는 믿음만을 고백하며 사는 삶을 이어 나갔다. '모든 것이 발전하고 있고, 나도 발전하고 있다. 그리고 내가 왜 다른 사람들과 함께 발전하고 있는지는 앞으로 분명해질 것이다.' 당시 나는 이렇게 나 자신의 신앙을 명확하게 표현했어야 했다.

외국에서 돌아온 후, 나는 시골에 정착했고 몇몇 농민 학교에서 일하게 되었다. 이 일은 내 마음에 특히 와닿았는데, 그 이유는 문학을 교육하면서 이미 나의 눈에 거슬릴 정도로 명백해진 거짓말이 여기에는 없었기 때문이다. 여기서도 나는 진보라는 명분으로 활동했지만, 이미 진보 그 자체에 대해서는 비판적인 태도를 취하고 있었다. 어떤 몇몇 현상에서 진보가 잘못 수행되었고, 따라서 순전 무구한 사람들이나 농민의 아이들에게는 완전히 자유롭게 그들이 원하는 진보의 항로를 선택하도록 해야 한다고 나 스스로에게 얘기했다.

본질적으로 나는 무엇을 가르쳐야 하는지 모르면서도 가르쳐야 하는 상황에 놓여, 아직 풀리지 않은 동일한 숙제를 가지고 계속 헤매고 있었다. 문학 활동의 최상위 영역에서는 무엇을 가르쳐야 할지 모르는 상태라면 가르치면 안 된다는 것이 나의 분명한 생각이었다. 왜냐하면 모든 사람들이 서로 다른 것을 가르쳐 놓고는 서로 논쟁함으로써 자신들의 무지를 내보일 뿐이라는 것을 깨달았기 때문이다. 여기 농부 아이들을 데리고도 마찬가지인데, 나는 아이들이 원하는 것을 배우도록 내버려둠으로써 이 난제를 피해 갈 수 있다고 생각했다.

지금 생각해 보면, 무엇이 필요한지 나 자신이 모르기 때문에 아무것도 가르칠 수 없다는 것을 내 마음 깊은 곳에서는 매우 잘 알고 있었음에도 불구하고, 가르치고자 하는 욕망을 채우기 위해 내가 얼마나 개처럼 꼬리쳤는지 떠올리면 우습기 그지없다. 농민학교에서 일 년 동안 일한 후, 나 자신이 아무것도 모르면서 다른 사람들을 가르치려면 어떻게 할 수 있는지를 알아내고자 다시 한번 해외로 나갔다.

그리고 그 방법을 외국에서 습득했다고 여겼다. 그래서 이 모든 지혜로 무장한 채, 나는 농민 해방의 해에 러시아로 돌아와서는 중재자의 자리를 차지하고, 학교에서 교육받지 못한 민중을 가르치고, 교육 받은 이들에게는 내가 발행하기 시작한 잡지로 가르치기 시작했다. 모든 것이 순조롭게 진행되고 있는 것 같았지만, 정신적으로 완전히 건강한 건 아니어서 오래 버틸 수는 없겠다는 느낌이 들었다. 그리고 내가 아직 경험해 보지 않았으나 나에게 구원을 약속했던 인생의 또 다른 한 측면이 없었다면 내 나이 쉰 살에 이르러서 봉착했던 그러한 절망에 그때 이미 빠졌을지도 모른다. 그건 바로 가정생활이었다.

나는 일 년 동안 중재 활동, 학교일, 잡지 일을 담당했다. 특히 중재 활동에서는 갈수록 더 큰 혼란에 빠져 힘겨운 싸움을 해야 했고 그렇게 점점 더 지쳐갔다. 학교에서의 나의 활동은 점점 불분명해졌으며, 잡지 일을 할 때에는 모든 이들을 가르치려 하면서도 정작 무엇을 가르쳐야 할지 모른다는 사실을 숨기려 했던 나의 애매모호함이 점점 역겨워졌다. 나는 육신보다 정신적으로 더 깊이 병들었고 모든 것을 내던지고 초원으로 떠나 바시키르인들과 함께 지내며 맑은

공기를 마시고, 크므스[역자 주: 말젖을 발효시켜 만든 알코올 발효 유제품]를 마시고, 동물과 같은 삶을 살기로 했다.

거기서 돌아오고 나서 나는 결혼을 했다. 행복한 가정생활은 삶의 보편적인 의미를 찾는 일념으로부터 나를 완전히 멀어지게 했다. 이 기간 동안 나의 모든 생활은 가족, 아내, 자녀에 집중되어 있었기 때문에 생계 수단을 늘리는 것에 대한 걱정으로 가득 찼다. 완벽을 향한 노력은 이전에는 일반적인 완벽을 향한 노력과 진보를 향한 노력으로 채워졌었지만, 이제는 나와 내 가족이 가능한 한 더 나아지기를 바라는 열망으로 대체되었다.

그렇게 십오 년이 더 흘렀다.

이 십오 년 동안 나는 글쓰기를 하찮은 일로 여겼음에도 불구하고, 여전히 글을 썼다. 나는 이미 글쓰기의 유혹, 엄청난 금전적 보상과 아무것도 아닌 일에 대한 박수갈채의 유혹을 맛보았고, 물질적 상황을 개선하고 내 삶의 의미와 우리 공동의 삶의 의미에 대한 온갖 의문들을 내 영혼 속에서 틀어막기 위한 수단으로 글쓰기에 몰두했다.

나는 나에게는 유일한 진리였던 것을 가르치면서 글을 썼는데, 그것은 나와 내 가족이 최대한 더 나은 삶을 살아야 한다는 것이었다.

그리고 그렇게 살아왔는데, 다섯 해 정도 전부터 매우 이상한 일이 일어나기 시작했다. 처음에는 당혹스러웠고 순간적으로 삶이 멈춘 듯한 느낌이 들었고, 내가 어떻게 살아야 하는지, 무엇을 해야 하는지 알 수 없게 되어 혼란에 빠지고 낙담했다. 하지만 그러한 감정은 지나갔고, 나는 다시 예전처럼 살아갔다. 그러나 이런 순간이 점점 더 자주 찾아왔고, 언제나 같은 형태로 반복되었다. 삶이 멈춘 듯한 순간마다 내 머릿속에는 항상 같은 질문이 떠올랐다.

'도대체 왜?'

'그러면, 그다음은?'

처음에는 이런 질문들이 단순하고 무의미하게 느껴졌다. 마치 그것들이 이미 답을 알고 있는 질문들이고, 내가 원하기만 하면 쉽게 해결할 수 있는 문제처럼 여겨졌다. 그저 지금은 바빠서 신경 쓰지 않을 뿐이고, 언젠가 시간이 나면 답을 찾을 수 있을 거라고 생각했다. 하지만 이 질문들은 점점 더 자주 반복되었고, 점점 더 절박하게 답을 요구했다. 마치 점들이 모두 한 곳에 떨어지는 것처럼, 이 대답 없는 질문들은 하나의 검은 점으로 뭉쳤다.

육체의 병에 걸려 죽음을 앞에 둔 모든 환자에게 일어나는 일이 내게도 일어났다. 처음에는 환자가 대수롭지 않게 여겼던 불편한 증상들은 점점 더 자주 반복되며 연속된 하나의 고통으로 합쳐진다. 고통은 점점 커지고, 환자는 주위를 살펴볼 겨를도 없이 자신이 느꼈던 사소한 불편들이 실제로 그에게는 세상에서 가장 의미심장한 것임을 알아차리게 된다. 이것이 바로 죽음이다.

나한테도 똑같은 일이 일어났다. 나는 이것이 우연한 불편이 아니라 뭔가 아주 중요한 일이고 만일 내내 같은 질문들이 반복된다면 그에 대해 답을 해야 한다는 것을 깨달았다. 그리고 답을 하려고 시도했었다. 질문들은 어리석고 단순하고 유치했다. 그러나 내가 그 질문들을 건드리고 해결을 시도하는 즉시 확실히 알게 됐다. 첫째, 그것들은 유치하고 어리석은 질문들이 아니라 인생에서 가장 중요하고 심오한 질문들이라는 것, 둘째, 수없이 생각해도 나는 그것들을 절대로 해결할 수 없다는 것이었다. 사마라 영지를 관리하고 아들을 양육하고 책을 쓰는 일에 앞서 내가 왜 이것을 해야 하는지 알아야만 한다. 내가 왜인지를 모르는 한 나는 아무것도 할 수가 없다. 한시도 손을 놓을 수 없었던 사업을 심사숙고하는 동안 갑자기 물음이 내 머리 속에 떠올랐다.

'그래 좋아, 너한테 6,000데시티나[역자 주: 6,000데시티나 = 65.55km²]의 땅이 생길 테고 말 300필이 생길 거야, 근데 그다음은?'

그러고는 나는 완전히 당황했고 무엇을 더 생각해야 할지 모르게 되었다. 또는 어떻게 아이들을 양육시킬까 생각하다가 "왜?"하고 혼잣말을 한다. 또는 어떻게 민중의 복지를 달성할 수 있을까 궁리를 하면서 "이게 나와 무슨 상관이람?"하고 갑작스레 혼잣말을 했다. 또는 나의 저술 작품들이 내게 가져다줄 영예를 생각하면서 "그래 좋아, 너는 고골, 푸시킨, 셰익스피어, 몰리에르, 세상의 모든 작가들보다 더 유명해진다고 쳐. 근데 그래서 뭐?"라고 스스로에게 말했다. 그리고 나는 아무것도, 정말 아무것도 대답할 수 없었다.

Ⅳ

나의 삶은 멈춰 버렸다. 나는 숨 쉬고, 먹고, 마시고, 잠자는 건 할 수 있었고, 또한 숨 쉬지 않고, 먹지 않고, 마시지 않고, 자지 않는 건 할 수가 없었다. 그러나 삶은 없었다. 왜냐하면 내가 이성적이라고 생각하고 만족감을 주는 소원들은 없었기 때문이었다. 만약 내가 무언가를 소원했다면, 그 소원을 충족시키든 또는 충족을 못 시키든 이것으로부터 아무것도 나오지 않을 것이라는 것을 나는 미리 알고 있었다.

만약 마법사가 나타나 내 소원을 들어주겠다고 제안했더라도, 나는 무엇을 말해야 할지 몰랐을 것이다. 나에게 소원은 없지만 과거에 소원하던 습성들이 있어 술에 취한 순간 문득 떠오르더라도 정신이 맑을 때는 나는 이것은 기만이며, 아무것도 바랄 것이 없다는 것을 안다. 심지어 나는 진리를 알려는 것도 소망할 수 없었다. 왜냐하면 진리가 무엇으로 이루어져 있는지 나는 이미 짐작하고 있었기 때문이다. 진리란 바로 삶은 무의미하다는 것이었다.

그저 살고 또 살다가, 걷고 또 걷다가 벼랑에 이르렀고, 앞에는 멸망 외에는 아무것도 없음을 또렷이 보게 된 상황과 같았다. 멈추어도 안 되고 뒤로 물러서는 것도 안 된다. 앞에는 삶과 행복의 속임수, 진정한 고통과 진정한 죽음, 곧 완전한 소멸 이외에는 아무것도 없다는 사실을 외면하기 위해 눈을 감는 것도 안 된다.

나는 삶에 넌더리가 났다. 어떤 저항할 수 없는 힘이 어떻게 해서든 나를 삶으로부터 끌어내려고 잡아당겼다. 하지만 자살하고 싶었다고 말할 수는 없다. 나를 삶에서 딴 데로 끌어내려고 한 힘은 일반적인 욕망보다 더 강하고 더 충만한 것이었다. 그것은 이전에 내가 느꼈던 삶에 대한 열망과 비슷한 힘이었고 단지 방향만 반대일 뿐이었다. 나는 온 힘을 다해 삶으로부터 벗어나려 했다. 자살에 대한 생각은 예전에 삶을 개선하려는 생각들이 떠올랐던 것처럼 자연스럽게 내게로 왔다. 이 생각은 너무도 매혹적이어서 성급히 실행에 옮기지 않기 위해 나 스스로에게 교활한 방법을 사용해야 했다. 나는 서두르고 싶지 않았다. 왜냐하면 모든 노력을 다해 문제를 해결하고 싶었기 때문이다! 만약 해결하지 못하더라도 언제든 감행할 수 있다고 나 자신에게 말했다. 그리고 당시 행복한 인간이었던 나는 매일 밤 혼자 옷을 벗던 방에서 옷장 사이의 연결목에 목을 매지 않게 하려고 끈을 치워버렸다. 그리고 삶에서 너무 쉽게 벗어나는 방법에 유혹되지 않기 위해 총을 들고 사냥 나가는 것도 중단했다. 나는 내가 무엇을 원하는지조차 몰랐다. 나는 삶을 두려워했고, 삶에서 멀리 벗어나려고 했지만, 동시에 여전히 삶으로부터 무언가를 기대했다.

그리고 이것은 내가 모든 면에서 완벽하게 행복하다고 여기고 있을 때 나에게 일어났다. 내가 아직 쉰 살도 되지 않았을 때였다. 나에게는 상냥하고 나를 아껴주는 사랑스러운 아내가 있었고 좋은 아이들이 있었고 내가 크게 힘들이지 않아도 성장하고 팽창하는 큰 영지를 가지고 있었다. 나는 가까운 사람들과 아는 사람들로부터 그 어느 때보다 더 존경받았고, 낯선 사람들로부터도 칭송을 받았으며, 특별한 자기 과시욕이 없어도 명성이 있다고 생각할 수 있었다. 게다가 나는 육체적으로나 정신적으로 병약하지 않았을 뿐만 아니라, 오히려 내 또래들에서는 보기 드문 육체적, 정신적

힘을 가지고 있었다. 육체적인 면에서 보면 나는 목초지에서 농부들에게 뒤처지지 않고 일을 할 수 있었고, 정신적이인 면에서는 여덟 시간~열 시간 정도를 연속으로 일했지만 과로로 인해 어떠한 여파도 없었다. 그리고 바로 그러한 상태에서 더 이상 살 수 없다는 생각에 빠졌고, 죽음을 두려워하며 자칫 스스로에게서 삶을 앗아가지 않으려고 나 자신을 속일 수밖에 없었다.

이런 마음의 상태를 다음과 같이 표현할 수 있다. 내 삶은 내 위에서 누군가가 연출한 어리석고 악의적인 장난 같은 것이다. 비록 나를 창조한 '누군가'를 인정한 것은 아니었지만, 내 위에서 누군가가 나를 이 세상에 태어나게 함으로써 악의적이고 어리석게 장난을 친 것이다. 이런 생각을 하는 것이 나에게는 가장 자연스러운 일이었다.

나한테는 무의식적으로 어딘가에 누군가가 있어서 내가 태어나, 배우고, 발전하고, 몸과 정신이 성장하면서 온전히 30~40년 동안 어떻게 살아왔는지, 그리고 이제는 완전히 강해진 정신으로 모든 것이 열리는 삶의 정점에 도달해서는, 인생에는 아무것도 없고, 과거에도 없었고, 앞으로도 없을 것임을 분명히 인식하면서 정말 바보처럼 서 있는 것을 보며 즐기고 있는 모습이 그려졌다.

"그한테는 우습겠지….'

그러나 내 위에서 웃고 있는 그 누군가가 있거나 혹은 없다고 해도 그로 인해 내 마음이 더 가벼워지는 것은 아니다. 나는 어떠한 하나의 행동이나 내 삶 전체에 이성적인 의미를 부여할 수 없었다. 내가 왜 맨 처음부터 이것을 이해하지 못했는지가 놀라울 따름이었다. 이 모든 것은 이미 오래전부터 모두에게 알려져 있었다. 조만간 사랑하는 사람들과 나에게 질병과 죽음이 찾아올 것이고(이미 찾아왔다), 악취와 벌레들만 남을 것이다. 나의 일들은 무엇이었든 간에 모두 잇쳐질 것이다. 이르든 늦든, 나 역시 사라질 것이다. 무엇 때문에 그렇게 애를 쓰는가? 어떻게 사람이 이것을 보지 못하고 그냥 살 수 있는가? 이것이야말로 정말 놀랄 일이다. 삶에 취해 있을 때만 살 수 있다. 그런데 정신을 차리면 '이 모든 것이 거짓이자 어리석은 속임수!'라는 것을 느끼지 않을 수 없다. 정말로 재미있는 것은 물론 기발한 것 하나 없이 단지 잔인하고 어리석을 뿐이다.

초원에서 성난 짐승에게 붙잡히게 된 한 나그네에 대한 동양의 오래된 우화가 있다. 짐승으로부터 도망치기 위해 나그네는 물이 없는 우물로 뛰어드는데, 우물 바닥에서 그를 잡아먹으려고 입을 크게 벌리고 있는 용을 보게 된다. 그리고 그 불행한 나그네는 성난 짐승에게 죽임 당하지 않기 위해 우물에서 나올 수도 없고, 용에게 잡아먹히지 않으려면 우물 바닥으로 뛰어들 수도 없었기 때문에, 우물의 갈라진 틈에서 자라는 야생 덤불의 줄기를 잡고 매달린다. 그의 손은 점점 약해졌고, 그는 곧 양쪽에서 그를 기다리는 파멸에 내던져져야 한다는 것을 느꼈다. 그러나 그는 계속해서 매달렸고, 매달려 있는 동안 주위를 둘러보다가 그가 매달린 덤불의 줄기들 사이를 돌아다니며 그것을 갉아먹는 두 마리의 쥐, 검은쥐와 흰쥐를 본다.

곧 덤불 줄기는 저절로 끊어져 떨어질 것이고, 그는 용의 입으로 떨어질 것이다. 나그네는 이것을 보고 그가 필연적으로 사망할 것이라는 것을 직감했다. 그러나 그가 매달려 있는 동안, 그는 자기 주위를 둘러보고 덤불 줄기의 잎사귀에 꿀 방울들이 있는 것을 발견하고는 그것에 혀를 갖다 대어 핥았다.

마찬가지로 나도 삶의 가지를 붙잡고 있으면서 나를 갈기갈기 찢어버리려고 하는 죽음의 용을 필연적으로 기다리

고 있으면서, 무엇 때문에 이 고통에 빠졌는지 이해할 수 없었다. 그리고 나는 이전에 나를 위로했던 그 꿀을 빨아보려고 한다. 그러나 이 꿀은 더 이상 나를 기쁘게 하지 않으며, 흰쥐와 검은쥐(낮과 밤)는 내가 붙잡고 있는 가지를 갉아 먹고 있다. 나는 용을 분명히 보고 있으며, 꿀은 더 이상 달지 않다. 나는 단 하나(피할 수 없는 용과 쥐들)만을 보고 있으며, 그것들로부터 시선을 뗄 수가 없다. 그리고 이것은 우화가 아니라, 진리이며, 논쟁의 여지가 없고, 누구나 이해할 수 있는 진실이다.

용에 대한 두려움을 극복하게 했던 삶의 기쁨이라는 과거의 속임수는 이제는 더 이상 나를 속이지 못한다. 삶의 의미를 이해할 수 없으니, 생각일랑 집어치우고 그냥 살자 하고 몇 번이나 스스로에게 말했지만, 이제 그마저도 할 수 없다. 왜냐하면 나는 이전에 너무나 오랫동안 그렇게 해왔기 때문이다. 이제 나는 나를 죽음으로 이끄는 낮과 밤을 보지 않을 수 없다. 나는 이것 하나만을 본다. 이것만이 진리이며, 나머지는 모두 거짓말이다.

잔인한 진리로부터 내 눈을 돌리게 했던 두 방울의 꿀(가족에 대한 사랑과 내가 예술이라고 부르던 글쓰기)는 내게 더 이상 달지 않다.

"가족…."

나는 혼잣말을 했다. 그러나 가족은 아내와 아이들이다. 그들도 같은 사람이다. 그들은 나와 똑같은 조건에 있다. 그들은 거짓 속에서 살아야 하거나, 끔찍한 진리를 보아야 한다. 그렇다면 그들은 대체 왜 살아야 하는가? 나는 왜 그들을 사랑하고, 보살피고, 키우고, 지켜야 하는가? 내 안에 있는 절망을 위하여 아니면 우매함을 위하여? 그들을 사랑하기에 나는 그들에게 진리를 숨길 수 없다. 인식 속에 있는 모든 걸음은 그들을 이 진리로 이끈다. 그런데 진리가 바로 죽음이다.

"예술, 시?"

오랫동안 세속적인 찬사라는 성공의 영향 아래 죽음이 모든 것(나도, 나의 일들도, 그들에 대한 기억도)을 파멸시킬 것임에도 불구하고, 이것이야말로 내가 할 수 있는 일이라고 나 자신을 설득했다. 그러나 곧 이것 역시 속임수라는 것을 알아차렸다. 예술은 삶의 장식품이며, 삶으로 유혹하는 것이라는 것이 내게는 분명했다. 그런데 더 이상 삶이 내게 매력적이지 않은데, 어떻게 다른 사람들을 유혹할 수 있겠는가? 내가 아직 나 자신의 삶을 살고 있지 않을 때, 웬 낯선 삶이 나를 그 파도 위에 실어갔고, 비록 내가 그 의미를 표현할 수는 없지만 아직 삶이 의미가 있다고 믿었을 때, 시와 예술에 비춰진 삶의 반영은 나에게 기쁨을 주었고, 나는 이 예술의 거울 속에서 삶을 보는 것이 즐거웠다. 그러나 내가 삶의 의미를 찾기 시작하고, 내가 스스로 살아야 할 필요성을 느꼈을 때, 이 거울은 나에게 불필요하고, 과도하며, 우스꽝스럽거나 고통스러운 것이 되었다. 나는 이미 거울에 비춰진 나의 어리석고 절망적인 상태를 보고 있다는 것을 통해 더 이상 위안을 받을 수 없었다. 나의 삶이 의미가 있다고 내 영혼의 깊은 곳에서 믿고 있었을 때는 이를 통해 기뻐하는 것이 나는 좋았었다. 그때는 이 빛과 그림자의 연극(삶에서 희극적이거나, 비극적이거나, 감동적이거나, 아름답거나, 끔찍한 것들)이 나를 즐겁게 했다. 하지만 내가 인생이 무의미하고 끔찍하다는 것을 알게 되었을 때, 거울 놀이는 더이상 즐겁지 않았다. 용과 나를 지탱하던 가지를 갉아먹고 있는 쥐들을 보았을 때, 꿀은 더이상 달지 않았다.

이뿐만이 아니다. 만약 삶이 의미가 없다는 것을 단순히 이해했다면, 나는 그냥 그렇게 알고 그것이 내 운명이라는 것을 평온히 이해할 수 있었을 것이다. 그러나 나는 평안할 수 없었다. 만약 숲에서 나갈 길이 없다는 것을 알면서 숲속에 살고 있는 사람이라면, 나는 살 수 있었을 것이다. 그러나 나는 숲속에서 길을 잃고 나서 길을 잃었다는 공포에 사로잡힌 사람 같았다. 그리고 길로 뛰쳐나가려고 이리저리 헤매는데, 매 발걸음마다 더 헷갈려서 허둥대며 뛰어다니지 않을 수 없는 것이다.

이건 공포스러웠다. 그리고 이 공포로부터 벗어나기 위해 자살하고 싶었다. 나를 기다리고 있는 공포를 앞서서 느끼고 있었고 이 공포가 상황 그 자체보다 더 끔찍하다는 것을 알았다. 하지만 그것을 쫓아낼 수 없었고 침착하게 끝까지 기다릴 수도 없었다. 심장의 혈관이 파열되든지 무엇이라도 팍 터지든지 어떤 식으로든 끝이 나게 되어 있다는 논리가 설득력이 있더라도, 나는 참을성 있게 끝까지 기다릴 수가 없었다. 어둠의 공포는 너무도 거대했다. 나는 한시라도 빨리 더 빨리 올가미나 총알을 이용해 그것으로부터 벗어나고 싶었다. 그리고 바로 이 감정이 나를 더 강력하게 자살 충동으로 이끌었다.

V

"그러나 혹시 내가 무언가를 간과했거나, 혹은 뭐라도 이해하지 못한 게 있었던 건 아닐까? 사람들에게 이런 절망의 상태가 원래부터 타고난 것일 수는 없을 텐데⋯."

나는 몇 번이고 스스로에게 말했다. 그리고 나는 인간이 습득한 모든 지식 속에서 내 질문의 해답을 찾으려 했다. 나는 고통스럽게 한참을 찾았다. 헛된 탐구심으로 찾은 게 아니라 절박하고 고통스럽게 찾았다. 집요하게 밤낮으로, 마치 멸망하는 사람이 구원을 찾아 헤매이듯이. 하지만 아무것도 찾지 못했다.

나는 모든 지식들 속에서 찾아 헤맸다. 하지만 그 답을 찾지 못했을 뿐만 아니라 나처럼 지식 속에서 찾았던 사람들 모두가 나처럼 아무것도 찾지 못했다는 사실을 확신하게 되었다. 그리고 아무것도 찾지 못했을 뿐만 아니라 나를 절망에 빠뜨렸던 것, 즉 삶의 무의미함이 인간이 도달한 의심할 여지없이 유일한 지식이라는 것을 분명하게 깨달았다.

나는 이곳저곳을 찾아다녔다. 그리고 배움 속에서 지낸 삶 덕분에 그리고 학계와의 친분 덕에, 각계 각층의 모든 학자들이 자발적으로 나에게 접근하여 책들 속에 있는 지식뿐만 아니라 대화를 통해 자신들의 모든 지식을 내주는 것을 거절하지 않았었던 덕택에 나는 지식이 삶이 던지는 질문에 주는 답은 모두 알게 되었다.

지식이 인생의 질문들에 답하고 있는 것 말고는 다른 것에 대해서는 아무것도 대답하지 않는다는 것을 나는 오랫동안 도저히 믿을 수 없었다. 인간의 삶의 문제들과는 관련성을 가지지 않은 채 스스로의 규칙들을 확정짓는 과학이 진지한 어조를 바라보면서 내가 아무것도 이해하지 못하고 있다고 생각했다. 오랫동안 나는 지식 앞에서 소심했다. 내가 던진 질문에 대한 대답의 불일치는 지식의 잘못이 아니라 나의 무지 때문인 것처럼 보였다. 그러나 그것은 나에게 농담이나 오락거리가 아니라 내 삶 전체의 문제였다. 학문이 이 물음들에 대해 답할 자격이 있다고 주장한다면 나는 나의 물음들이 모든 지식의 근본으로써 소임을 할 수 있는 정당한 질문들이라는 것을 자의든 타의든 확신하기에 이르렀다.

오십 세의 나이에 나를 자살로 몰고 갔던 이 질문은 가장 단순한 물음이었다. 분별없는 갓난아기에서 가장 지혜로운 노인에 이르기까지 각 사람의 영혼에 내재되어 있는 질문인 것이다. 내가 실제 경험했던 것처럼 이것 없이는 삶이 불가능한 질문이다. 질문은 이러하다.

"내가 지금 하고 있는 일, 내일 하게 될 일에서 무엇이 나올 것인가, 내 삶 전체로부터 무엇이 나올 것인가?"

달리 말해 질문은 이렇게 표현될 수도 있다.

"나는 왜 살아야 하는가, 나는 왜 무언가를 소망하고 있는가, 나는 왜 무엇이든 해야 하는가?"

좀 더 다르게 표현하자면 이럴 수도 있을 것이다.

"나의 삶에는 필연적으로 닥칠 죽음으로도 사멸하지 않을 의미가 존재할까?"

바로 여러 가지로 표현된 이 하나의 동일한 질문에 대해 나는 인간의 지식에서 답을 찾아 헤맸다. 그리고 나는 인간의 모든 지식이 마치 두 개의 반구처럼, 서로 반대 방향으로 나뉘어 있음을 발견했다. 각 반구의 극에는 두 개의 극점이 존재했다. 하나는 부정적 극점이고, 다른 하나는 긍정적 극점이다. 그러나 그 어느 쪽에서도 삶의 질문에 대한 답을 찾을 수 없었다.

첫 번째 계열의 지식은 마치 이 질문 자체를 인정하지 않는 듯 보였지만, 그 대신 그들은 자신들이 독립적으로 설정한 문제에 대해 명확하고 정확하게 대답했다. 이것이 바로 경험적 지식의 계열이며, 그 극단의 꼭짓점에는 수학이 자리했다. 반면 다른 계열의 지식은 이 질문을 인정하지만, 답을 주지는 않았다. 이것이 바로 사변적 지식의 계열이며, 그 극단의 꼭짓점에는 형이상학이 자리했다.

어릴 때는 사변적 지식이 나의 마음을 온통 사로잡았었다. 그러다가 후에 수학과 자연과학이 나의 흥미를 끌었다. 그리고 스스로 던진 질문이 내 안에 명확하게 정립되지 않았고, 이 질문이 해결책을 긴박하게 요구하며 내 안에서 완전히 성장할 때까지, 나는 지식이 주는 해답의 모조품들로 만족했었다.

때로 경험의 영역에서 나는 나 자신에게 이렇게 말했다.

"모든 것은 발전하고, 분화하며, 복잡해지고, 완전성을 향해 나아간다. 그리고 이 과정에는 일정한 법칙이 있다. 너는 전체의 일부이며, 전체를 최대한 이해하고 그 발전의 법칙을 깨닫고 나면, 너는 이 전체에서 자신의 위치와 자기 스스로를 알게 될 것이다.”

고백하기 부끄럽지만, 나는 한때 이것에 만족했던 적이 있었다. 이때는 바로 나 자신의 사고가 복잡해지고 발전하는 시기였다. 근육이 성장하고 강화되고, 기억력이 풍부해지고, 사고력과 이해력이 향상되고, 성장하고 발전했으며, 내 안의 이러한 성장을 느꼈기 때문에 이것이 내 삶의 문제에 대한 해결책을 찾을 수 있는 온 세상의 법칙이라고 생각하는 것이 자연스러웠다. 그러나 내 안의 성장이 멈추는 때가 왔다. 나는 내가 발전하지 않고 있으며, 오히려 쪼그라들고 있다는 것을 느꼈다. 내 근육은 약해지고 치아도 빠지고 있다는 것을 느꼈다. 그리고 나는 이 법칙이 나에게 아무것도 설명하지 못할 뿐만 아니라, 그러한 법칙은 결코 존재한 적이 없고 결코 존재할 수도 없다는 것을 알았다. 단지 내 삶의 어느 한 시점에서 나 자신 안에서 찾은 것을 법칙으로 받아들였다는 것을 깨달았다. 나는 더 엄격하게 이 법칙을 정의했다. 그리고 무한한 발전의 법칙이란 있을 수 없다는 것을 분명하게 알았다. 무한한 공간과 시간 속에서 모든 것이 발전하고, 완전해지고, 복잡해지고, 분화된다고 말하는 것은 이것은 결국 아무런 말도 하지 않는 것이나 매한가지라는 것을 의미한다. 이 모든 것은 의미 없는 말이다. 왜냐하면 무한에는 복잡한 것도 간단한 것도 없고, 앞과 뒤도 없으며, 더 나은 것도 더 나쁜 것도 없기 때문이다.

여전히 중요한 것은 내 욕망들과 함께 '나는 도대체 무엇이란 말인가?'라는 나의 개인적인 질문이 어떠한 해답도 없이 남겨져 버렸다는 것이다. 그리고 나는 이 지식이 매우 흥미롭고 매력적이지만 이 지식의 정확성과 명확성은 삶이 던지는 문제들의 적합도에 반비례한다는 것을 깨달았다. 삶의 문제에 적용하기 어려울수록 지식들은 더 정확하고 더 명확해졌으며, 삶의 문제에 대한 해결책을 제공하려고 할수록 지식들은 더 불분명하고 흥미롭지 않게 되는 것이다.

만일 삶의 문제에 대한 해답을 제공하고자 하는 지식들의 한 분야, 즉 생리학, 심리학, 생물학, 사회학에 주의를 기울여 보면 거기서 경악할 만한 사고의 빈곤함, 엄청난 모호성, 질문의 해결에 도움이 되지 않는 억지 주장 그리고 한 사상가와 다른 사상가 사이에서, 심지어 자신의 내부에서 끊임없이 일어나는 모순에 직면하게 될 것이다. 만약 삶의 문제를 해결하는 것이 아니라, 과학적이고 전문적인 질문에 답하는 지식 분야로 눈을 돌린다면, 인간 지성의 힘에 감탄하게 되지만, 삶의 질문에 대한 답은 없다는 것은 미리 알아야 한다. 이러한 지식들은 삶의 문제들을 직접적으로 무시한다. 이 지식들은 말한다.

"네가 무엇이며 네가 왜 사는지에 대해서는 우리에게 답이 없고, 그것을 다루지도 않는다. 하지만 네가 빛의 법칙, 화학적 결합의 법칙, 유기체의 발달 법칙을 알아야 한다면, 인체의 원리, 그 형태와 수량 및 크기의 관계를 알아야 한다면, 자신의 지성의 법칙을 알아야 한다면, 이에 대해서는 우리에게 명확하고 정확하며 의심할 여지 없는 답이 있다."

일반적으로 삶의 문제에 대한 경험적 학문의 태도는 다음과 같이 표현될 수 있다.

질문: 나는 왜 사는가?

답변: 끝이 없는 큰 공간에서, 끝이 없는 긴 시간 속에서, 끝이 없이 작은 소립자들이 끝도 없는 복잡함 속에서 그 형태들이 변화하고 있는데 네가 이 형태 변화들의 법칙들을 이해할 수 있을 때 네가 왜 사는지 이해할 수 있을 것이다.

또 사변적 영역에서, 나는 나 자신에게 말하곤 했다.

"모든 인류는 그 사람을 인도하는 정신적인 기원들과 이데아에 기초하여 살아가고 발전한다. 이러한 이데아들은 종교, 과학, 예술, 그리고 국가조직의 형태로 표현된다. 이러한 이데아들은 점점 더 높아지고 있으며, 인류는 최고의 선을 향해 나아가고 있다. 나는 인류의 일부이며 따라서 나의 소명은 인류의 이데아들을 인식하고 실현하는 데 기여하는 것이다."

그리고 나의 지력이 연약했던 시기에는 이것으로 만족했었다. 그러나 내 안에서 삶의 질문이 분명하게 떠오르자마자 이 모든 이론이 순식간에 무너져 내렸다. 그러한 종류의 지식이 인류의 작은 일부를 연구하여 도출한 결론을 일반적인 결론으로 둔갑시키는 부도덕과 부정확함에 대해 굳이 말하지 않더라도, 그리고 인류의 이데아가 무엇인지 다양한 관점을 가지고 있는 사람들의 의견이 일치하지 않음을 언급하지 않더라도, 이 관점의 기이함, 아니 어리석음은 다음과 같은 점에서 찾아볼 수 있다. 모든 사람은 각자 앞에 있는 질문에 답을 해야 한다.

"나는 무엇인가?"

“나는 왜 사는가?”

“나는 무엇을 해야 하는가?”

그런데 그러려면 사람은 다음의 질문을 먼저 풀어야만 한다.

“사람에게 단 한 순간의 아주 작은 시간에 아주 일부분만 알려질 뿐 전혀 낯설기만 한 인류의 인생이란 무엇인가?”

인생이 도대체 무엇인지 이해하기 위해서 사람은 스스로를 이해하지 못하고 있는 마치 자신과 같은 사람들로 이루어진 이 불가사의한 인류가 도대체 무엇인지를 먼저 알아야 한다는 것이다.

고백하건대, 한때 나도 이러한 지식을 믿었던 적이 있었다. 그때는 나의 변덕들을 정당화해 주는 내가 특별히 좋아하는 이데아들이 있었던 때였다. 그리고 나는 마치 인류의 법칙을 꿰뚫어 보는 것처럼 나의 변덕도 이론화해보려고 노력했다. 그러나 삶에 대한 질문이 내 영혼 속에서 아주 명료하게 떠오르자마자 이 대답은 즉시 산산조각이 나버렸다. 그리고 나는 경험적 학문들 속에 진정한 학문들과 함께 자기에게 속하지 않는 질문들에도 답을 주려고 시도하고 있는 유사 학문들이 있는 것처럼, 이 영역에도 속하지 않은 질문들에 대답하려고 노력하고 있는 가장 널리 퍼진 일련의 지식들이 있다는 것을 깨달았다. 이 영역의 유사 학문들에는 법학, 사회과학, 역사과학들이 있는데 이것들은 각자 나름의 방식대로 인류 전체의 삶의 문제를 해결하려고 하는 것처럼 사람의 문제들을 해결하려고 시도하고 있다.

그러나 경험적 지식의 영역에서 '나는 어떻게 살아야 하는가?'라고 진심으로 물음을 던지는 사람이라면 "무한한 공간 속에서, 무한한 시간과 복잡성을 지닌 무한한 입자들의 변화를 연구하라. 그러면 너는 자신의 삶을 이해하게 될 것이다."라는 대답에 만족할 수 없을 것이다. 물음에 진심인 사람은 "우리가 그 시작도 끝도 알 수 없으며, 그 작은 일부조차도 알지 못하는 인류 전체의 삶을 연구하라. 그러면 너는 자신의 삶을 이해하게 될 것이다."라는 대답에도 동일하게 만족할 수 없다. 그리고 지금까지 유사 학문들이 그랬던 것처럼, 이러한 유사 학문들은 본래의 과제에서 벗어나면 벗어날수록 더욱더 불명확성과 부정확성, 어리석음과 모순으로 가득차게 된다. 경험적 학문의 과제는 물질적 현상의 인과적 연속성을 연구하는 것이다. 경험적 학문에 근본적인 원인에 대한 질문을 들이대면 그것은 엉터리가 되고 만다. 사변적 학문의 과제는 삶의 무원인적 본질을 인식하는 것이다. 그런데 만약 여기에 사회적, 역사적 현상과 같은 인과 현상에 대한 연구를 도입하면 역시나 엉터리가 되고 만다.

경험적 학문은 근본적인 원인을 연구 대상에 포함시키지 않을 때만 긍정적인 지식을 제공하고 인간 지성의 위대함을 드러낸다. 그러나 반대로, 사변적 학문은 인과 현상의 연속성에 대한 질문을 완전히 배제하고, 오직 인간을 근본 원인과의 관계 속에서 바라볼 때만 비로소 학문이 되며, 인간 지성의 위대함을 드러낸다. 이 영역에서 반구의 한 극점을 이루는 학문이 바로 형이상학 또는 사변적 철학이다. 이 학문은 명확하게 질문을 제기한다. '나는 무엇이며, 세상은 무엇인가?' 그리고 '나는 왜 존재하며, 세상은 왜 존재하는가?' 그리고 이 학문이 존재한 이래로 학문은 항상 같은 대답을 해왔다. 철학자가 내 안에 그리고 모든 현존하는 사람들 안에 존재하는 삶의 본질을 이데아든, 물체든, 정신이든, 의지든 무엇으로 부르든 간에, 철학자는 단 한 가지를 말할 뿐이다. 이 본질이 존재하며, 나 또한 동일한 본질이라는 것이다. 그러나 그것이 왜 존재하는지는 그는 모르며,

그가 제대로 된 사상가라면 이에 대답하지 않는다. 나는 묻는다. 이러한 본질은 왜 존재할까? 그것이 존재하고 있으며 그리고 존재할 것이라는 사실에서 무엇이 나오는가? 그리고 철학은 이에 답하지 않을 뿐만 아니라, 오히려 철학 자체가 이 질문만을 반복해서 던지고 있다. 그리고 만약 그것이 진정한 철학이라면, 그것의 모든 소임은 단지 이 질문을 명확하게 제기하는 데 있을 뿐이다. 그리고 철학이 자신의 과업을 확고히 붙들고 있다면, 그것은 "나는 도대체 무엇이며 온 세상은 무엇인가?"라는 질문에 대해 "모든 것임과 동시에 아무것도 아니다."라고, "세상은 왜 존재하며 나는 왜 존재하는가?"라는 질문에는 "알지 못한다."고 답하는 것 이외에 달리 답할 수 없을 것이다.

아무리 철학의 사변적 답변들을 이리저리 굴려보아도, 나는 해답 비슷한 어떠한 것도 얻을 수 없다. 그리고 그것은 대답이 내 질문에 연관되지 않기 때문이 아니라, 오히려 모든 지적인 작업이 바로 내 질문을 향하고 있음에도 불구하고 해답은 없고, 해답 대신 동일한 질문만 더욱 복잡한 형태로 얻어지기 때문이다.

Ⅵ

삶의 질문에 대한 해답들을 찾아다니는 여정 속에서 나는 숲에서 길을 잃은 사람이 경험하는 것과 완전히 똑같은 심정을 경험했다.

들판으로 나가서 나무 위로 기어올라 가 끝없이 펼쳐진 공간을 분명히 보았지만, 그곳에는 집이 없었고 있을 수도 없다는 것을 깨달았다. 나는 다시 울창한 숲속, 어둠 속으로 들어갔고 어둠을 보았으나, 거기에도 역시 집은 없었다.

그렇게 나는 내게 선명한 지평을 열어주는 수학과 경험적인 지식들의 가느다란 빛줄기들 사이에 있는 인간 지식의 숲속에서 헤매었었다. 하지만 그 방향에 집은 있을 수 없었다. 그리고 움직일수록 더 큰 암흑으로 빠져드는 사변적 지식들의 어둠 사이에서도 헤매었었다. 그러다 결국 출구는 없으며 있을 수도 없다는 것을 깨달았다.

지식의 밝게 빛나는 측면에 빠져들면서 나는 단지 질문

으로부터 내 눈길을 돌려 회피하고 있음을 점차 깨달았다. 내 앞에 열렸던 지평들이 아무리 매력적이고 분명했어도, 이 지식들의 무한함 속으로 빠져드는 것이 아무리 매력적 이었을지라도, 이 지식들이 나에게 덜 필요할수록, 질문에 대해 더 적게 대답할수록, 오히려 더 명확해진다는 것을 나 는 깨달아가고 있었다.

그래, 난 스스로에게 말하곤 했다.

"나는 학문이 그렇게 끈질기게 알아내고 싶어 하는 모든 것을 알고 있어. 그런데 내 삶의 의미에 관한 해답은 이 길 에는 없어."

사변적인 영역에서도 지식의 목적이 내 질문에 대한 답 을 향하고 있었음에도 불구하고, 아니면 그야말로 바로 그 이유 때문에 내가 나 스스로에게 내려준 답 말고는 다른 답 은 없다는 것을 깨달았다. 내 삶에는 어떤 의미가 있는가? 아무 의미도 없다. 또는 내 삶에서는 무엇이 나오게 될까? 아무것도 없다. 또는 존재하는 모든 것은 왜 존재하며, 그 리고 나는 왜 존재하는가? 그냥 존재하니까.

인간 지식의 한쪽 측면에서 질문을 던지는 동시에 나는 내가 물어보지 않았던 것들에 대해 셀 수 없이 많은 정확한 답변들을 받았다. 별들의 화학적 조성에 대해, 헤라클레스 별자리를 향한 태양의 움직임에 대해, 종과 인간의 기원에 대해, 극미한 원자의 형태에 대해, 극미한 무중량 에테르 입자의 진동에 대해. 그러나 이 지식의 분야에서 '내 삶의 의미는 무엇에 있는가?'라고 하는 내 질문에 대한 대답은 하나였다. 네가 너의 삶이라고 부르는 것, 바로 너. 일시적이고 우연한 입자들의 결합체. 이 입자들의 상호 작용과 변화가 네 안에서 네가 '삶'이라 부르는 것을 만들어낸다. 이 결합체는 잠시 동안만 지탱할 것이고, 이후 이 입자들의 상호 작용이 멈추면 네가 '삶'이라 부르는 것도 멈추고, 너의 모든 질문들도 사라질 것이다. 너는 우연히 뭉쳐진 작은 덩어리에 불과하다. 이 덩어리는 썩어간다. 이 덩어리는 그 부패의 과정을 자기 삶이라 부른다. 덩어리는 으스러질 것이다. 그러면 부패와 모든 질문들도 끝이 난다.

지식의 명확한 측면은 이렇게 대답할 뿐이며, 지식이 자신의 기본을 엄격하게 준수한다면 다르게는 아무 말도 못할 것이다. 만약 다르게 대답한다면 해당 질문이 아닌 것에 대답을 하고 있는 꼴이 된다. 나는 내 삶의 의미를 아는 것이 필요한데, 그것이 단지 무한의 입자라는 사실은 삶에 의미를 부여해 주기는커녕, 오히려 가능한 어떠한 의미도 멸실시켜 버리는 것이다.

경험적이고 정확한 지식적 측면이 사변적 측면과 하고 있는 이처럼 모호한 거래들, 즉 삶의 의미는 진보와 그 발전에 기여하는 것이라고 말하는 것조차 그 자체의 부정확성과 불명확성 때문에 해답이 될 수 없다.

지식의 또 다른 측면인 사변적 영역은, 그것이 자신의 기본을 엄격하게 준수할 때, 어디서든 그리고 모든 시대에 걸쳐 대답을 하고 있고 또 동일한 대답을 해왔다. 즉 세계는 무한하고 이해할 수 없는 어떤 것이라는 말이다. 그리고 인간의 삶은 이 불가사의한 '전체'의 불가사의한 일부라는 것이다. 다시 한번 나는 사변적인 지식들과 경험적인 지식들 사이의 모든 거래들을 배제하고자 하는데, 이러한 거래는 이른바 법학, 정치학, 역사학 등으로 불리는 반쪽짜리 학문들로서 온통 쓸데없이 무게만 차지하는 짐짝들로 구성되어 있다. 이러한 학문에는 발전, 완성이라는 개념이 부정확하게 도입되고 있다. 단지 거기에서는 전체의 발전을 말하는 반면 여기에서는 인간의 삶의 발전이라는 차이만 있을 뿐이다. 부정확한 점은 내내 한 가지다. 무한함 속에서 발전과 완성은 목표도 방향도 가질 수 없고, 내 질문과 관련해서는 아무 대답도 하고 있지 않다는 것이다.

정확한 사변적 지식이 있는 곳, 즉 쇼펜하우어가 말하는 교수의 철학(단순히 기존의 모든 현상들을 새로운 철학적 범주로 분류하고 새로운 이름을 붙이는 것에 불과한 철학)이 아니라 철학자가 본질적인 질문을 시야로부터 놓치지 않는 진정한 철학이 있는 곳에서는 대답은 언제나 하나같이 동일하다. 그것은 소크리데스, 쇼펜하우어, 솔로몬, 붓다가 준 답과 같다.

"우리는 삶으로부터 멀어지는 딱 그만큼씩만 진리에 가까워진다."

소크라테스는 임종을 맞으며 말한다.

"진리를 사랑하는 우리는 삶 속에서 무엇을 추구하고 있는가? 육신과 육신의 삶으로부터 비롯되는 모든 악으로부터 자유로워지는 것을 추구해가는 것이다. 그렇다면 죽음이 우리에게 다가올 때, 우리가 어찌 기뻐하지 않을 수 있겠는가?"

"현자는 평생 동안 죽음을 탐구한다. 이 때문에 그에게는 죽음이 두렵지 않다."

쇼펜하우어는 말한다.

　“세계의 내적 본질을 의지라고 인식하고 나서, 자연의 불가해한 무의식적인 의지에서부터 완전한 의식에 의한 인간행동에 이르기까지의 모든 현상들 속에서 이 의지의 객관화[역자 주: 쇼펜하우어의 ‘객관화’라는 것은 모두가 느낄 수 있도록 드러난다는 의미]만을 인정하고 나면 우리는 어떤 수로도 다음과 같은 결론을 피할 수 없다. 즉 의지의 자유로운 부정, 자가 소멸과 함께 모든 현상들이 사라질 것이라는 것이다. 그 속에서 그리고 그것을 통해서 세계가 구성되는 객관화라는 모든 단계들 속에서 목적도 쉼도 없는 끊임없는 충동과 갈망도 사라질 것이다. 연속적인 형태들의 다양성이 사라질 것이다. 자신의 일반적인 형태들, 공간과 시간을 가지고 있는 모든 현상의 형태와 함께 사라질 것이다. 종국에는 마지막 기본 형태인 주체와 객체도 사라질 것이라는 것이다. ‘의지가 없으면, 표상도 없고, 세계도 없다.’ 우리 앞에는 당연히 아무것도 남지 않는다. 하지만 이러한 무(無)로의 이행에 저항하는 것이 바로 우리의 본성이며, 바로 생존의지(Wille zum Leben)이며, 이것이 우리 자신들을 구성하고, 우리의 세계도 구성하는 것이다. 우리가 무(無)를 두려워하는 것 또는 우리가 그토록 살기를 원하는 것은 우리 스스로

가 다른 무엇도 아니고 삶을 원하는 것이고 또한 삶 말고는 아무것도 알지 못한다는 것을 의미한다. 그래서 여전히 의지로 충만해 있는 우리에게 의지가 완전히 소멸된 후에 남는 것은 당연히 아무것도 없다. 그러나 반대로, 의지가 돌아서 버렸고 자기를 포기한 사람들에게는 그 모든 태양과 은하수를 포함한 우리의 정말 실제 세계가 아무것도 아닌 것이다.”

솔로몬은 말한다.

“헛되며, 헛되고, 헛되니 모든 것이 헛되도다! 해 아래에서 수고하는 모든 수고가 사람에게 무엇이 유익한가? 한 세대는 가고 한 세대는 오되 땅은 영원히 있도다. 과거에 있었던 일이 앞으로도 있을 것이고, 그리고 과거에 이루어졌던 일이 또 앞으로도 이루어질 것이다. 해 아래 새로운 것은 없다. 무엇을 가리켜 이르기를 ‘보라 이것이 새 것이라’ 할 것이 있으랴? 우리가 있기 오래 전 세대들에도 이미 있었느니라. 이전 세대들이 기억됨이 없으니 장래 세대도 그 후 세대들과 함께 기억됨이 없으리라. 나 전도자는 예루살렘에서 이스라엘 왕이 되어 마음을 다하며 지혜를 써서 하늘 아래에서 행하는 모든 일을 연구하며 살핀즉, 이는 괴로운 것이니 하나님이 인생들에게 주사 수고하게 하신 것이라. 내가 해 아래에서 행하는 모든 일을 보았노라. 보라 모두 다 헛되고 영혼의 곤고함이로다."

"내가 내 마음 속으로 말하여 이르기를 보라 내가 크게 되고 지혜를 더 많이 얻었으므로 나보다 먼저 예루살렘에 있던 모든 사람들보다 낫다 하였나니 내 마음이 지혜와 지식을 많이 만나 보았음이로다. 내가 다시 지혜를 알고자 하며 미친 것들과 미련한 것들을 알고자 하여 마음을 썼으나 이것도 영혼의 곤고함인 줄을 깨달았도다. 지혜가 많으면 번뇌도 많으니 지식을 더하는 자는 근심을 더하느니라. 내가 내 마음에 이르기를 자, 내가 시험삼아 너를 즐겁게 하리니 너는 낙을 누리라 하였으나, 보라 이것도 헛되도다. 내가 웃음에 관하여 말하여 이르기를 그것은 미친 것이라 하였고 희락에 대하여 이르기를 이것이 무슨 소용이 있는가 하였노라. 내가 내 마음으로 깊이 생각하기를 내가 어떻게 하여야 내 마음을 지혜로 다스리면서 술로 내 육신을 즐겁게 할까 또 내가 어떻게 하여야 천하의 인생들이 그들의 인생을 살아가는 동안 어떤 것이 선한 일인지를 알아볼 때까지 내 어리석음을 꼭 붙잡아 둘까 하여 마침내 나는 인자들에게 무엇이 좋은지, 그들이 얼마 남지 않은 날에 하늘 아래에서 무엇을 해야 하는지를 보게 되었다. 나의 사업을 크게 하였노라 내가 나를 위하여 집들을 짓고 포도원을 일구며 여러 동산과 과원을 만들고 그 가운데에 각종 과목을 심었으며 나를 위하여 수목을 기르는 삼림에 물을 주기 위하여 못들을 팠으며 남녀 노비들을 사기도 하였고 나를 위하여 집에서 종들을 낳기도 하였으며 나보다 먼저 예루살렘에 있던 모든 자들보다도 내가 소와 양떼의 소유를 더 많이 가졌으며 은 금과 왕들이 소유한 보배와 여러 지방의 보배를 나를 위하여 쌓고 또 노래하는 남녀들과 인생들이 기뻐하는 처첩들을 많이 두었노라. 내가 이같이 창성하여 나보다 먼저 예루살렘에 있던 모든 자들보다 더 창성하니 내 지혜도 내게 여전하도다. 무엇이든지 내 눈이 원하는 것을 내가 금하지 아니하며 무엇이든지 내 마음이 즐거워하는 것을 내가 막지 아니하였으니 이는 나의 모든 수고를 내 마음이 기뻐하였음이라 이것이 나의 모든 수고로 말미암아 얻은 몫이로다. 그 후에 내가 생각해 본 즉, 내 손으로 한 모든 일과 내가 수고한 모든 것이 다 헛되어 바람을 잡는 것이며 해 아래에서 무익한 것이로다. 내가 돌이켜 지혜와

망령됨과 어리석음을 보았나니 그러나 나는 그들 모두에게 같은 운명이 닥친다는 것을 배웠다. 내 뒤에 오는 자는 무슨 일을 행할까 이미 행한 지 오래 전의 일일 뿐이리라. 내가 내 마음속으로 이르기를 우매자가 당한 것을 나도 당하리니 내게 지혜가 있었다 한들 내게 무슨 유익이 있으리요 하였도다 이에 내가 내 마음속으로 이르기를 이것도 헛되도다 하였도다. 지혜자도 우매자와 함께 영원하도록 기억함을 얻지 못하나니 후일에는 모두 다 잊어버린 지 오랠 것임이라. 오호라 지혜자의 죽음이 우매자의 죽음과 일반이로다! 이러므로 내가 사는 것을 미워하였노니 이는 해 아래에서 하는 일이 내게 괴로움이요, 모두 다 헛되어 비람을 잡으려는 것이기 때문이로다. 내가 해 아래에서 내가 한 모든 수고를 미워하였노니 이는 내 뒤를 이을 이에게 남겨 주게 됨이라. 사람이 해 아래에서 행하는 모든 수고와 마음에 애쓰는 것이 무슨 소득이 있으랴? 일평생에 근심하며 수고하는 것이 슬픔뿐이라 그의 마음이 밤에도 쉬지 못하나니 이것도 헛되도다. 사람이 먹고 마시며 수고하는 것보다 그의 마음을 더 기쁘게 하는 것은 없나니 내가 이것도 본즉 하나님의 손에서 나오는 것이로다."

"모든 사람에게 임하는 그 모든 것이 일반이라 의인과 악인, 선한 자와 깨끗한 자와 깨끗하지 아니한 자, 제사를 드리는 자와 제사를 드리지 아니하는 자에게 일어나는 일들이 모두 일반이니 선인과 죄인, 맹세하는 자와 맹세하기를 무서워하는 자가 일반이로다. 해 아래서 행해지는 모든 일에는 악이 이러하니, 모든 사람에게는 한 가지 운명이 있고, 인자의 마음은 악으로 가득 차 있고, 그들의 삶에는 어리석음이 있느니라. 모든 산 자들 중에 들어 있는 자에게는 누구나 소망이 있음은 산 개가 죽은 사자보다 낫기 때문이니라. 산 자들은 죽을 줄을 알되 죽은 자들은 아무것도 모르며 그들이 다시는 상을 받지 못하는 것은 그들의 이름이 잊어버린 바 됨이니라. 그들의 사랑과 미움과 시기도 없어진 지 오래이니 해 아래에서 행하는 모든 일 중에서 그들에게 돌아갈 몫은 영원히 없느니라."

솔로몬 또는 이 말씀을 기록한 사람도 그렇게 말한다.

한편 인도의 지혜는 이렇게 얘기한다.

질병, 늙음, 죽음이 가리웠던 젊고 행복한 태자 석가모니는 산책을 하다가 이빨이 없고 침을 흘리는 끔찍한 노인을 보게 되었다. 지금까지 늙음이 숨겨져 있었던 왕자는 깜

짝 놀라 마부에게 물었다.

"무엇이 왜 이 사람을 그토록 비참하고 역겹고 추악한 상태에 이르게 했는가?"

이것이 모든 사람의 공통된 운명이며, 젊은 태자인 자신도 결국 똑같은 일을 겪게 될 것이라는 사실을 알게 되자, 그는 더 이상 산책을 할 수 없었고 이에 대해 깊이 생각해보고자 되돌아갈 것을 명령한다. 그리고 그는 혼자 틀어박혀 곰곰히 생각한다. 그리고 다시 한번 즐겁고 행복한 산책을 나가는 것을 보면 아마도 그는 스스로에게 어떤 위로를 생각해낸 것 같다. 그런데 이번에는 그는 병자를 만난다. 그는 흐리멍텅한 눈을 해가지고는 쇠잔히여 피리히게 떨고 있는 사람을 본다. 병에 가리워졌었던 태자는 멈춰 서서 이게 무엇인지 묻는다. 그리고 이것이 모든 사람이 걸리기 쉬운 병이라는 것을 알게 되고, 건강하고 행복한 태자 자신도 내일 똑같이 병에 걸릴 수 있다는 것을 알게 되자, 그는 다시 즐기고자 하는 마음을 갖지 못하고 돌아가자고 명령하고는 다시 평안을 구한다. 그리고 세 번째 산책을 나가는 것을 보면 아마도 평안을 찾은 것 같다. 그러나 세 번째 산책을 나가서 그는 또 새로운 광경을 본다. 그는 무언가를 운반하는 것을 본다.

"이게 무엇인가?"

"죽은 사람입니다."

"죽다니, 이게 무슨 의미지?"

태자가 묻는다. 사람들은 그에게 죽는다는 것은 지금 이 사람처럼 된다는 것을 의미한다고 말한다. 태자는 죽은 사람에게 다가가서 뚜껑을 열고 그를 쳐다본다.

"그에게는 앞으로 무슨 일이 더 일어나는가?"

태자가 묻는다. 그들은 그를 땅에 묻을 것이라고 얘기한다.

"왜?"

왜냐하면 그는 이미 더 이상 영원히 살아나지 않을 것이 확실하고 그에게서는 악취와 구더기만 나올 것이기 때문이다.

"이게 모든 인간의 운명인가? 그리고 나도 똑같이 될까? 나를 묻고, 내게서도 악취가 나고, 구더기들이 나를 먹을까?"

"예."

"돌아가자. 나는 산책하지 않을 테야 그리고 더는 안 갈

거야."

그리고 석가모니는 삶에서 위안을 찾을 수 없었고, 삶이 가장 큰 악이라고 결심하고, 자신이 삶으로부터 해탈하고 다른 이들도 해탈할 수 있도록 모든 혼신의 힘을 쏟았다. 그리고 죽음 이후에 삶이 어떻게든 재생되지 않도록, 삶을 뿌리 속에서 완전히 사멸시키는 해탈. 이것이 모든 인도의 지혜가 전하는 바다.

바로 여기에 삶의 질문에 답할 때 인간의 지혜가 주는 직접적인 대답들이 있다.

"신의 삶은 악과 거짓이다. 따라서 이 육신의 삶을 사멸시키는 것은 선이고, 우리는 그것을 바라아 한다."

소크라테스는 말한다.

"인생은 존재해서는 안 될 것, 즉 악이며, 무(無)로의 전환이 삶의 유일한 선이다."

쇼펜하우어는 말한다.

"세상의 모든 것, 어리석음과 지혜, 부와 빈곤, 기쁨과 슬픔은 모두 헛되고 부질없는 것이다. 사람은 죽으면 아무 것도 남지 않는다. 그리고 이것은 어리석다."

솔로몬은 말한다.

"고통, 쇠약해짐, 늙음, 죽음이 불가피하다는 의식과 함께 사는 것은 불가능하다. 사람은 삶에서, 삶의 모든 가능성에서 자신을 해탈시켜야 한다."

붓다는 말한다.

그리고 이처럼 뛰어난 지성들이 말했고 수백만의 사람들도 그들과 비슷하게 말했고, 생각했고 느꼈다. 그리고 나도 생각하고 느낀다.

그렇게 지식들 속에서 나의 방황은 나를 절망에서 벗어나게 하지 못했을 뿐만 아니라 오히려 더욱 심화시켰다. 하나의 지식은 삶의 질문들에 답하지 않았고 다른 지식이 내 절망을 직접 확인시켜 주고 내가 도달한 것이 나의 혼돈과 병적인 지적 상태의 열매가 아니라고 대답해 주었고, 반대로 내가 올바르게 생각하고 인류 역사상 가장 뛰어난 지성들이 내린 결론에 동의한다는 것을 확인해 주었다.

자신을 속이는 것은 아무것도 아니다. 모든 것이 헛되다. 태어나지 않은 사람은 행복하다. 삶보다 죽음이 낫다. 삶으로부터 벗어나야 한다.

VII

지식에서 해답을 찾지 못하자, 나는 내 주위 사람들 속에서 그 해답을 발견할 수 있으리라는 기대를 가지고, 삶 속에서 해답을 찾기 시작했다. 그리고는 나와 같은 사람들이 내 주변에서 어떻게 살아가는지, 그리고 그들은 나를 절망에 이르게 한 이 질문을 어떻게 대하는지 관찰하기 시작했다.

그리고 나는 교육 면으로나 삶의 외형 면으로 볼 때 나와 같은 상황에 처한 사람들에게서 드디어 찾았다. 나와 같은 부류의 사람들에게는 우리 모두가 처한 이 끔찍한 상황으로부터 벗어나는 네 개의 출구가 있음을 발견했다.

첫째는 무지(無知)의 출구이다. 이것은 삶이 악이며 무의미하다는 것을 알려고도, 이해하려고도 하지 않는 것이다. 이 범주에 속하는 사람들은 대부분 여성들이거나 또는 매우 젊거나 혹은 아주 멍청한 사람들이다. 쇼펜하우어, 솔로몬, 붓다에게 제기되었던 삶의 그 질문을 아직도 깨닫지 못했던 것이다. 그들은 자신들을 기다리고 있는 용(龍)도, 자신들이 매달린 덤불 줄기를 갉아먹고 있는 쥐들도 보지 않고 꿀방울만을 핥고 있다. 하지만 그들이 꿀방울을 핥는 것은 잠깐일 뿐이다. 무언가가 그들의 주의를 용과 쥐들에게 돌리게 할 것이고, 그러면 핥는 건 끝이다. 그들에게서는 배울 것이 하나도 없다. 당신이 알고 있는 것을 모르는 척해서는 안 된다.

두 번째는 에피쿠로스적 출구다. 이것은 삶이 가망이 없음을 알지만 아직 취할 수 있을 때 그런 이익들을 누리자는 것이다. 즉, 용(龍)도 쥐들도 보지 않고, 특히나 그 꿀이 덤불 줄기에 많이 맺혔다면 가장 좋은 방식으로 꿀을 핥는 것이다. 솔로몬은 이 출구를 다음과 같이 표현한다.

"이에 내가 희락을 칭찬하노니 이는 사람이 먹고 마시고 즐거워하는 것보다 해 아래서 나은 것이 없음이라 하나님이 사람으로 해 아래서 살게 하신 날 동안 수고하는 중에 이것이 항상 함께 있을 것이니라. 너는 가서 기쁨으로 네 빵을 먹고 즐거운 마음으로 네 포도주를 마실지어다. 네가 사랑하는 여인과 함께 즐겁게 살지어다 그것이 네 헛된 평생의 모든 날 곧 하나님이 해 아래에서 네게 주신 모든 헛된 날에 네가 평생에 해 아래에서 수고하고 얻은 네 몫이니라. 네 손이 일을 얻는 대로 힘을 다하여 할지어다 네가 장차 들어갈 무덤에는 일도 없고 숙고도 없고 지식도 없고 지혜도 없음이니라."

대부분 우리네 부류의 사람들은 이 두 번째 출구를 고수한다. 그들이 처한 상황은 선이 악보다 우선하도록 해준다. 그런데 도덕적인 우둔함은 그들의 처지가 유리함이 우연이라는 것, 모든 사람이 솔로몬처럼 1,000명의 아내와 궁전을 가질 수 없다는 것, 1,000명의 아내를 둔 사람 한 사람마다 아내가 없는 1,000명의 사람이 있다는 것, 가 궁전마다 얼굴에 땀을 흘리며 그것을 짓는 1,000명의 사람이 있다는 것, 그리고 오늘날 나를 솔로몬으로 만든 그 우연이 내일은 나를 솔로몬의 노예로 만들 수도 있다는 것을 잊어버리게 한다. 이 상상력의 우둔함은 그들에게 붓다에게조차 평안을 주지 못했던 것, 즉 병, 늙음, 죽음의 불가피성이 오늘 아니면 내일 이 모든 즐거움을 깨뜨려 버릴 것이라는 것을 잊도록 해 준다. 이 사람들 중 일부는 자신들의 사고와 상상력의 우둔함을 실증주의 철학이라고 부르며 철학이라고 주장하는데, 내가 보기에는 질문을 보지 않고 꿀을 핥고 있는 부류들과 별반 차이가 없다. 그리고 나는 이런 사람들을 답습할 수 없었다. 내게는 상상력의 우매함이 없으므로 내 안에 인위적으로 그걸 만들어낼 수는 없었다. 나는, 모든 살아있는 사람이 그럴 수 없듯이, 처음 쥐와 용을 보았을 때 그들로부터 눈을 뗄 수 없었다.

세 번째는 힘과 에너지의 출구이다. 그것은 삶은 악이며 무의미함임을 깨달은 후에 그 삶을 파괴하는 데 있다. 흔치 않은 강인하고 일관된 사람들이 그렇게 한다. 그들에게 던져진 농담의 어리석음을 이해하고, 죽은 자의 이익이 산 자의 이익보다 더 많고, 무엇보다도 존재하지 않는 것이 가장 좋다는 것을 깨달은 후, 그들은 그렇게 실행하고 단번에 이 어리석은 농담을 끝낸다. 다행히도 수단이 있다. 줄에 목을 매는 것, 물, 심장을 찌르기 위한 칼, 철도 위의 열차가 있다. 그리고 우리 부류에서 그렇게 행동하는 사람들이 점점 더 많아지고 있다. 그리고 사람들은 대개 정신력이 가장 절정에 달하는 삶의 가장 좋은 시기이면서도 아직 인간의 이성을 훼손하는 습관들에 거의 물들지 않은 때에 그렇게 행동한다. 내게는 이것이 가장 적당한 출구로 보였고, 그렇게 행하고 싶었다.

네 번째는 나약함의 출구이다. 그것은 인생의 악함과 무의미함을 알면서도 그 삶을 질질 끌기를 계속 이어가는 것이다. 거기에서 아무것도 나올 수 없다는 것을 이미 알면서도 말이다. 이런 부류의 사람들은 죽음이 삶보다 낫다는 것을 안다. 하지만 속임수를 빨리 끝내고 자살하는 것처럼 이성적으로 행동할 힘은 없고 무언가를 기다리고 있는 듯하다. 이게 나약함의 출구이다. 최선을 알고 있고 그게 내 권한 안에 있다면 왜 최선에 다하지 않는가? 내가 이 범주에 속했었다.

이런 식으로 내 분석의 대상자들은 네 가지 방식으로 끔찍한 모순으로부터 구원받는다. 아무리 머리를 싸매고 정신집중을 해봐도 이 네 개의 탈출구들 외에는 다른 어떤 걸 보지 못했다. 첫 번째 탈출구는 인생이 무의미하고 헛되고 악하다는 것, 그리고 살지 않는 편이 더 낫다는 것을 이해하지 않는 것이다. 이것을 알지 못한다는 것은 불가능하고, 한번 알아차리면 이에 대해 눈을 감을 수 없다. 두 번째 탈출구는 미래에 대해 생각하지 않고 지금 있는 그대로의 삶을 즐기는 것이다. 그런데 나는 이것도 불가능했다. 나도 석가모니처럼 늙음, 고통, 죽음이 있다는 것을 알았을 때 사냥하러 갈 수 없었다. 내 상상력은 너무 쌩쌩했다. 게다가 잠시 동안 내 운명을 쾌락에 내던진 그 일시적인 우연에 기뻐할 수 없었다. 세 번째 탈출구는 삶이 악하고 어리석다는 것을 깨닫았다면, 멈추고 자살하는 것이다. 나는 그 사실을 깨달았지만, 어떤 이유에서인지 여전히 자살하지 않았다. 네 번째 탈출구는 솔로몬, 쇼펜하우어의 자세로 사는 것이다. 즉 삶이란 내 위에 연출된 어리석은 농담이라는 것을 알면서도 어쨌거나 살고, 씻고, 옷 입고, 밥 먹고, 말하고, 심지어 책들도 쓰는 것이다. 이건 내게 역겹고 고통스러웠지만, 나는 이 상태에 머물러 남아 있었다.

이제서야 내가 자살하지 않았던 것은 나의 생각들이 부당하다는 희미한 인식이 있었기 때문이라고 깨닫는다. 삶의 무의미함을 인정하게끔 우리를 이끌었던 나의 생각이나 현자들의 생각의 흐름이 나한테는 아무리 설득력 있고 의심할 여지 없이 보였을지라도, 내 추론의 출발점이 진실한가에 대한 막연한 의심이 내 안에 남아 있었던 것이다.

그것은 이런 것이었다. 나, 나의 이성은 삶은 비이성적이라고 인정했다. 만일 최상위의 이성 같은 것은 없다면(그런데 그런 것은 없으며, 무엇도 그것을 증명할 수 없다), 나에게 이성은 삶의 창조자이다. 이성이 없었더라면, 내게는 삶도 없었을 것이다. 이 이성이 삶을 부정하면서 어떻게 그 자체가 삶의 창조자인가? 또 다른 한편으로는, 만약 삶이 없었다면, 내 이성도 없었을 것이다. 말하자면, 이성은 삶의 아들이다. 삶은 모든 것이다. 이성은 삶의 열매이며, 그 이성이 삶 자체를 부정한다. 나는 여기서 뭔가 잘못되었다는 것을 느꼈다.

삶은 무의미한 악이다, 이것은 의심할 여지가 없다(나는 스스로에게 말했다) 그러나 나는 살아왔고, 아직도 살고 있으며, 모든 인류도 살아왔고 여전히 살아가고 있다. 어떻게 그럴 수 있는가? 살지 않을 수도 있는데 대체 인류는 무엇 때문에 살고 있는 것인가?

뭐, 나만 쇼펜하우어와 같이 그렇게 똑똑해서 삶의 무의미함과 악을 깨달은 것인가? 삶의 헛됨에 관한 추론은 그리 복잡하지 않으며, 오래전부터 가장 평범한 사람들이 그걸 하고 있고, 그러면서도 살아왔고 지금도 살아가고 있다. 글쎄, 모두들 살아가면서 결코 한 번도 삶의 합리성에 대해서 의심해 볼 생각을 하지 않는 건가?

내 지식은, 현자들의 지혜로 확증된 바에 따르면, 세상에 있는 모든 것(유기적인 것과 무기적인 것) 모두 놀랄 만큼 이치에 맞게 구성되어 있는데, 오직 나 하나의 상태만 어리석다.
그리고 이 바보들(단순한 사람들의 거대한 집단)은 세상에 있는
모든 유기적인 것과 무기적인 것이 어떻게 구성되어 있는지
에 대해 아무것도 모르며 살고 있고, 그런데도 그들에게는
그들의 삶이 매우 이성적으로 지어져있는 것처럼 보인다.

그리고 내 머릿속에 이런 생각이 들었다. 그런데 내가
아직 뭔가 모르는 게 있으면 어쩌지? 분명 무지는 정확하
게 그런 식으로 행동한다. 무지는 정말로 그렇게 말한다.
무언가를 모를 때, 무지는 자기가 모르는 것이 어리석다고
말한다. 실상은 만일 자신의 삶의 의미를 이해하지 못하고
는 살아갈 수 없기에 마치 그것을 이해하고 있는 것처럼 살
았고 현재도 살아가고 있는 인류 전체가 현존하고 있는 것
이다. 그런데 나는 이 모든 삶이 무의미하고 또한 살아갈
수도 없다고 말하고 있는 것이다.

그 누구도 내가 쇼펜하우어와 함께 삶을 부정하는 것에
훼방 놓는 사람은 없다. 그러나 그렇다면 스스로 목숨을 끊
어라. 그러면 더 따질 일도 없을 것이다. 삶이 마음에 들지
않으면 알아서 죽어라. 살고 있으면서도 삶의 의미를 이해
할 수 없다면 삶을 마감하고, 삶을 이해하지 못하는 것을 해

명하느라 글을 써대면서 이 삶 속에서 안절부절 떠돌아다니지 말아라. 즐거운 모임에서 모두가 매우 잘 지내고, 모든 이가 자신들이 무엇을 하고 있는지 알고 있는데, 너 혼자 지루하고 역겹다면 떠나라.

자살의 필요성을 확신하면서도 그것을 실행할 결심을 하지 못하는 우리는 가장 나약하고 일관성 없으며, 쉽게 말해 그림이 그려진 자루를 든 바보[역자 주 : 실속없는 것을 지나치게 집착하여 떠받들고 불필요하게 호들갑 떠는 모습을 뜻하는 러시아 우화 속 풍자적 표현]처럼 자신의 어리석음을 들고 다니는 어리석은 사람들이 아니고 무엇이겠는가?

어쨌든 우리의 지혜가 아무리 의심할 여지 없이 옳다 해도, 그것은 우리에게 삶의 의미에 대한 지식을 주지는 않았다. 삶을 영위하는 수백만의 모든 인류는 삶의 의미에 대해 의심하고 있지 않다.

정말이지 아주 오래전부터 내가 조금이라도 알고 있는 그런 삶이 존재한 이래로, 사람들은 내게 삶의 무의미함을 보여 주었던 삶의 허망함에 대한 추론을 알고 있으면서도 삶에 의미를 부여하면서 어떻게든 살아왔다.

어떤 것이든 사람들의 삶이 시작된 이래로, 그들에게

는 이미 어떻든 삶의 의미가 있었으며, 그러한 삶을 살아왔으며, 그것이 나에게까지 이어져왔다. 내 안에 있는 그리고 내 주변에 있는 모든 것은 모두 그들의 삶에 대한 지식의 열매이다. 내가 이 삶을 논하고 비난하는 사고의 도구들 그 자체는 바로 다름 아닌 그들에 의해 만들어진 것들이다. 나 역시 그들 덕분에 태어나고 자랐고 어른이 되었다. 그들은 철을 캐내고, 숲을 벌목하는 법을 가르쳐 주고, 소와 말을 길들이고, 씨를 뿌리는 법을 가르쳐 주고, 함께 사는 법을 가르쳐 주고, 우리의 삶을 질서 있게 정리했다. 그들은 나에게 생각하는 법, 말하는 법을 가르쳐 주었다. 그리고 그들에 의해 길러지고 먹여지고 교육을 받아 그들의 산물이라 할 수 있는 나는 그들에게 그들의 사고와 말로 그들이 무의미함을 증명했다.

나는 스스로에게 말했다.

"뭔가가 잘못되었다. 어딘가에서 내가 실수했다."

그러나 어디에서 실수가 있었는지 나는 도저히 찾을 수 없었다.

VIII

이 모든 의심들을 지금은 어느 정도 조리 있게 말할 수 있는 상태에 있지만 당시에는 입 밖으로 표현해 낼 수 없었다. 그때는 인생의 허망함에 대한 나의 결론들이 가장 위대한 사상가들에 의해 확증되었고, 논리적으로도 피해갈 수 없는 것들이었지만 그 안에 뭔가 못마땅한 점이 있다는것을 느끼기만 했디. 그것이 그 추론 자체에 있는 깃인지 아니면 질문의 설정에 있는지 나는 몰랐다. 단지 이성적인 설득력은 완벽했으나 그것만으로는 부족하다는 것만을 느꼈다. 이 모든 논증들은 내가 나의 추론들로부터 도출된 것을 실행하도록, 즉 내가 스스로 목숨을 끊을 수 있을 정도로 나를 설득시킬 수는 없었다. 그리고 만일 내가 다다른 것이 이성적인 것이지만, 자살은 하지 않았노라고 말했더라면 나는 거짓말을 한 셈이었으리라. 이성은 작동하고 있었으나 또 다른 무언가도 작동하고 있었는데, 나는 그것을 삶의 자각이라고밖에 달리 부를 길이 없었다. 그 힘이 함께 작용했고, 그 힘은 나에게 이것이 아닌 저것으로 주의를 기울이도록 만들었고, 바로 그 힘이 나를 내 절망적인 상황에서 벗어나게 하며 이성을 완전히 다른 방향으로 이끌었다. 그 힘은 나로 하여금 나와 유사한 수백 명의 사람들이 인류 전체가 아니며, 인류의 삶을 나는 아직 알지 못한다는 사실에 주의를 기울이게 만들었다.

나이나 신분이 나랑 비슷한 사람들의 좁은 층을 둘러보면서 나는 질문을 이해하지 못하는 사람들, 질문을 이해하면서도 삶에 취함으로써 그 질문들이 들리지 않는 사람들, 다 이해하고서 삶을 끝내는 사람들, 그리고 다 이해하고도 연약함으로 인해 절망적인 삶을 살아낸 사람들만 보았다. 그리고 그 이외에 다른 사람들은 보지 못했다. 나에게는 학자들, 부자들 그리고 성공한 사람들인 나도 속했던 그 좁은 계층이 전 인류를 구성하는 것으로 생각되었고, 과거에 살았었고 지금도 살아있는 수십억의 사람들은 마치 무슨 가축 떼처럼 사람이 아닌 것처럼 보였다.

지금이야 너무 이상하고 어처구니없지만, 삶에 대해 추론하는 동안 어떻게 사방에서 나를 둘러싼 인류의 삶을 간과할 수 있었는지, 나와 솔로몬들과 쇼펜하우어들의 삶은 현실적이며 정상적인 삶이고 수십억 명의 사람들의 삶은 주목할 가치도 없다고 우스울 정도로 착각했었는지 이해가 가지 않는다. 지금이야 이상하게 느껴지지만 그때는 정말 그랬었다. 지성의 교만한 착각 속에서 솔로몬과 쇼펜하우어와 함께 우리는 질문을 너무 올바르고 진실하게 제기했고 다른 건 아무것도 있을 수 없다는 것은 의심할 여지가 없어 보였다. 모든 수십억의 사람들이 질문을 던질만한 수준에 아직 이르지 못한 자들에 속한다는 것 역시 의심할 바 없어 보였다. 나는 자신의 삶의 의미를 탐색하면서 "참, 이 세상에 살았었고 지금 살고 있는 수십억의 사람들은 자기 삶에 어떤 의미를 부여해 왔고 지금도 부여하고 있는 거지?"라고 한번도 생각해 본 적이 없었다.

나는 오랫동안 이러한 정신착란 속에서 살았다. 말뿐이 아니라 실제로 가장 자유롭고 학식 있는 우리 같은 사람들은 특별히 그런 경향이 있었다. 그러나 현실에서 노동하는 민중에 대한 나의 특별한 애착 덕분이었는지 민중을 이해할 수 있었고 그들이 우리가 생각하는 것만큼 어리석지 않다는 것을 깨닫게 되었다. 아니면 나는 아무것도 알 수 없다는 것과 어찌 됐든 내가 할 수 있는 최선은 목을 매는 것 뿐이라는 것에 대한 내 확신의 진정성 덕분이었는지, 만일 내가 살고 싶고 삶의 의미를 이해하고자 한다면, 삶의 의미를 잃어버리고 자살을 희망하는 사람들에게서가 아니라 삶을 일궈내고 자신과 우리의 삶을 짊어지고 지금까지 살아왔고 지금도 살고 있는 수십억의 사람들로부터 찾아야 한다는 것을 직감했다. 그래서 평범하고 학식이 없으며 부유하지도 않은 거대한 대중들을 되돌아보았고 완전히 다른 것을 보았다. 나는 이 수십억 명의 사람들이 극히 드문 예외를 제외하면 나의 분류에 부합하지 않는다는 것을 알게 되었다. 나는 그들이 문제를 이해하지 못하는 사람들이라고 인정할 수 없었다. 왜냐하면 그들 스스로 이 문제를 제기하고 있었고, 그리고 그것에 대해 놀라울 정도로 명확하게 대답하고 있기 때문이다. 그들을 쾌락주의자들이라고 인정할 수도 없었다. 왜냐하면 그들의 삶에는 즐거움보다 결핍과 고통이 더 많았기 때문이다. 또한 그들이 무의미한 삶을 비이성적으로 그저 그렇게 살아가는 사람들이라고는 더욱 인정할 수 없었다. 그들의 삶의 모든 행위와 죽음 자체도 그들에 의해 설명되었기 때문이다. 그들은 자살을 가장 큰 죄

악으로 여겼다. 전 인류에게는 무엇인가 내가 인정하지 않았고 무시했던 삶의 의미라는 지식이 있음이 드러났다. 결과적으로 이성적인 지식은 내게 삶의 의미를 주지 않았고, 오히려 삶을 배제시키고 있었다. 수십억 명의 사람들에 의해 온 인류에게 부여된 삶의 의미는 어떤 무시되고 거짓된 지식 위에 세워져 있는 것이다.

학자들과 현자들로 대표되는 이성적 지식은 삶의 의미를 부정하는데, 거대한 무리의 사람들, 온 인류는 비이성적인 지식 속에서 이 의미를 인정하고 있다. 그리고 이 비이성적인 지식이란 바로 내가 버리지 않을 수 없었던 신앙이다. 즉 이것은 하나님, 6일 동안의 창조, 악마와 천사, 그리고 내가 미치지 않는 한 받아들일 수 없는 모든 것들이었다.

내 처지는 끔찍했다. 나는 이성적 지식의 길 위에서는 삶을 부정하는 것 말고는 아무것도 찾을 수 없음을 알고 있었다. 그런데 신앙 속에서는 이성을 부정하는 것 말고는 아무것도 찾을 수 없었는데, 이는 삶을 부정하는 것보다도 더 받아들이기 어려운 것이었다. 이성적 지식에 따르면, 삶은 악이며 사람들은 그것을 알고 있다. 살거나 살지 않는 것은 사람들에게 달려있으나, 그들은 살았었고 지금도 살고 있다. 나 자신조차도 오래전부터 삶이 무의미하고 악이라는 것을 알고 있으면서도 여전히 살아왔다. 신앙에 따르면 결론은 삶의 의미를 깨닫기 위해서는 의미를 필요로 하는 바로 그 이성 자체를 내가 포기해야 한다는 것이었다.

IX

모순이 발생했다. 그런데 이로부터 나오는 출구는 단 두 개만 남아 있었다. 내가 이성적이라 일컬었던 것이 실제로는 내가 생각한 만큼 이성적이지 않았거나, 나한테는 비이성적이라고 보였던 것이 실제로는 내가 생각한 만큼 비이성적이지 않았거나였다. 그래서 나는 내 이성적 지식의 추론 과정을 검증하기 시작했다.

이성적 지식의 추론 과정을 점검해 보니, 그것이 완벽하게 옳다는 것을 알 수 있었다. 인생은 아무것도 아니라는 결론은 필연적이었다. 그러나 나는 실수를 발견했다. 그 실수란 내가 스스로 제기한 질문에 부적합하게 사고하고 있었다는 점에 있었다. 질문은 이러했다. 나는 왜 살아야 하는가, 즉 부질없고 소멸해가고 있는 나의 삶에서 참되고 소멸하지 않는 것이 무엇이 나올 수 있으며, 이 무한한 세계 속에서 나라는 유한한 존재는 무슨 의미를 가지고 있는가?

그리고 이 질문에 답하기 위해 나는 삶을 탐구했다.

삶의 문제들에 대한 모든 해결책들이 나를 만족시킬 수 없다는 것은 명백했다. 왜냐하면 내 질문은 겉보기에는 단순해 보이지만, 결국에는 유한한 것을 무한한 것으로 그리고 그 반대로도 설명해야 하는 요구를 포함하고 있기 때문이다.

나는 묻곤 했었다. '내 삶의 초시간적, 초인과적, 초공간적 의미는 무엇인가?' 그런데 나는 '내 삶의 시간적, 인과적 그리고 공간적 의미는 무엇인가?'라는 질문에 답을 했었다. 오랜 사유의 노력 끝에 내가 답한 결론은 아무것도 없다는 것이었다.

정말 달리 방도가 없었는데, 나의 추론들 속에서 나는 항상 유한한 것은 유한한 것에 그리고 무한한 것은 무한한 것과 동일시했다. 이런 이유로 나에게는 마땅히 나올 수밖에 없는 것이 도출된 것이다. 힘은 힘, 물질은 물질, 의지는 의지, 무한은 무한, 무(無)는 무(無), 그리고 더 이상은 아무것도 나올 수가 없었다.

이것은 마치 수학에서 방정식을 푼다고 생각하면서 항등식을 풀고 있는 경우와 같다. 심사숙고한 과정은 올바르다. 하지만 결과적으로 나오는 답은 $a = a$ 또는 $x = x$ 또는 $0 = 0$이었다. 내 삶의 의미에 관한 질문을 목적으로 한 나의 추론에도 똑같은 일이 벌어졌다. 이 질문에 모든 학문이 준 답은 단지 항등식이다.

그리고 실질적으로 데카르트가 그랬던 것처럼 엄격하게 이성적인 지식은 모든 것을 완전히 의심하는 것에서 시작하고 신앙으로 용납된 모든 지식은 던져버리고 이성과 경험의 법칙들 속에서 모든 것을 새롭게 구축하는데, 삶의 문제에 대해 내가 얻은 것과 똑같은 답, 즉 불확정한 답 이외에 다른 답을 주지 못한다. 처음에는 지식이 긍정적인 대답을 주는 것처럼 보였을 뿐이다. 삶은 의미를 가지고 있지 않고 삶은 악이라는 쇼펜하우어의 답이 그러하다. 그러나 깊이 들여다보니, 대답은 긍정적이지 않고 내 느낌이 단지 그렇게 표현했을 뿐이라는 것을 깨달았다. 브라만 교도들, 솔로몬, 쇼펜하우어에게서도 표현되었던 것처럼 엄중하게 표현된 답은 불확정적이거나, 또는 항등식 $0 = 0$일 뿐이다. 나에게 아무것도 아닌 것처럼 보이는 삶은 아무것도 아닌 것이다. 그래서 철학적 지식은 어떤 것도 부정하지 않고, 다만 이 문제는 철학적 지식으로 해결될 수 없으며, 그 문제를 위한 해결책은 불확정적인 채로 남아 있다고 대답할 뿐이다.

이를 깨닫고 나니 이성적인 지식 안에서 내 질문에 대한 답을 찾는 것은 불가능하다는 것을 깨달았다. 이성적 지식이 주는 답은 질문을 다르게 설정하는 조건에서만, 무한에 대한 유한의 관계라는 질문이 추론 속으로 도입될 때만 얻을 수 있다는 것에 대한 안내일 뿐이라는 것을 깨달았다. 또한 깨닫게 된 건 신앙이 주는 답들이 아무리 비이성적이고 기형적일지라도 그것들은 무한에 대한 유한의 관계를 각각의 답에 도입하고 있는 장점이 있다는 것이고, 이것 없이는 답이 있을 수 없다는 것이다. 아무렇게나 질문을 던져도 된다.

(질문) 어떻게 살아야 하나?
(대답) 하나님의 법에 따라서

(질문) 내 삶에서는 무슨 참된 것이 나오는가?
(대답) 영원한 고난 또는 영원한 참기쁨.

(질문) 죽음에 의해 소멸되지 않는다는 건 무슨 의미인가?
(대답) 무한하신 하나님과의 연합, 천국.

그래서 이전에 유일한 것으로 여겨졌던 이성적 지식 말고도 현재 살고 있는 모든 인류에게는 뭔가 다른 지식, 즉 삶의 가능성을 열어 주고 있는 비이성적인 신앙 또한 있음을 인정하는 게 불가피했다. 여전히 신앙이 비이성적이라는 생각은 가지고 있었지만, 인류에게는 삶의 질문들에 대해 답해주고 이로 인해 살아갈 가능성을 주고 있는 단 하나임을 인정하지 않을 수 없었다.

이성적 지식은 나를 삶은 무의미하다는 생각으로 이끌었고, 그 결과 나의 삶은 멈춰버렸다. 그리고 나는 자신을 소멸시키고 싶었다. 사람들과 온 인류를 돌아보고 나서, 나는 사람들이 살아가고 있고 삶의 의미를 알고 있다고 확신하고 있음을 보았다. 나 자신을 돌아보았다. 나 역시 삶의 의미를 알고 있는 동안에 살고 있었다. 다른 사람들과 마찬가지로 내게도 삶의 의미와 가능성을 준 것은 신앙이었다.

다른 나라 사람들, 나와 동시대 사람들, 그리고 이미 삶을 살았었던 사람들을 살펴보았을 때도 똑같은 것을 발견했다. 인류가 존재한 이래로 삶이 있는 곳에는 신앙이 존재했고 살아갈 가능성을 주었다. 그리고 신앙의 주요한 특징들은 어디서나 그리고 언제나 동일하다.

어떤 신앙이 누구에게 어떠한 답들을 주었든지 간에, 신앙이 주는 답은 사람이라는 유한한 존재에게 무한의 의미를 부여한다. 그 의미는 고통과 결핍 그리고 죽음으로도 소멸되지 않는다. 이 말은 오직 하나 신앙 안에서만 삶의 의미와 가능성을 찾을 수 있다는 뜻이다. 그리고 나는 깨달았다. 신앙이란 가장 본질적인 스스로의 의미 안에서 단지 '보이지 않는 것들의 증거' 등과 같은 것이 아니고, 계시가 아니며(이것은 신앙의 표적들 중 하나의 묘사에 불과하다), 단순히 하나님에 대한 인간의 관계만이 아니다(신앙을 정의한 다음에 하나님을 정의해야 하며, 하나님을 통해 신앙을 정의해서는 안 된다). 신앙은 흔히 이해되는 것처럼 사람들에게서 들은 것에 대한 동의가 아니며, 인간 삶의 의미에 대한 지식이며, 그 결과로 사람은 자신을 소멸시키지 않고도 살아가고 있다. 신앙은 삶의 힘이다. 만약 사람이 살고 있다면, 그는 무엇이라도 믿는다. 무엇을 위해서라도 살아야 한다는 것을 만약 사람이 믿지 않았었다면, 그는 살지 않았을 것이다. 만약 그가 유한한 것의 허상을 보지도 않고 이해도 안 한다면, 그는 이 유한한 것을 믿고 있는 것이다. 만약 그가 유한한 것의 허상을 이해한다면, 그는 무한한 것을 믿어야만 한다.

이처럼 신앙 없이 사는 것은 불가능하다.

그리고 나는 내면에서 일어나는 모든 작업과정을 기억했고 경악했다. 이제는 분명해졌다. 인간이 살아가기 위해서는 무한한 것을 보지 않거나, 유한을 무한과 동일시할 수 있는 삶의 의미에 대한 설명을 이해하는 것이 필요하다는 것이다. 그런 설명은 나에게도 있었다. 그러나 내가 유한한 것을 믿고 있는 동안에는 필요치 않았다. 그리고 나는 이성으로 그 설명을 검증하기 시작했다. 그리고 이성의 빛 앞에서 이전의 모든 설명은 먼지처럼 흩날려 가버렸다. 그러다 내가 유한한 것을 믿는 것을 그만둘 때가 왔다. 그때 나는 내가 알고 있었던 이성적인 근거들 위에 삶의 의미를 줄 수 있는 설명의 기둥을 세우기 시작했다. 그러나 아무것도 세워지지 않았다. 인류 최고의 지성들과 함께 나는 $0 = 0$이라는 결론에 도달했는데, 어떻게 해도 그것 말고는 다른 것이 나올 수 없다는 것에 매우 놀랐다.

경험적 지식들 속에서 답을 찾고 있을 때 나는 무엇을 하고 있었나? 나는 내가 왜 사는지를 알고 싶었고, 이것을 위해 내 밖에 있는 모든 것을 탐구했다. 분명 나는 많은 것을 알 수 있었다. 그러나 나에게 필요한 것은 아무것도 없었다.

내가 철학적 지식들 속에서 답을 찾고 있을 때 나는 무엇을 하고 있었나? 나처럼 '나는 왜 살고 있는가?'라는 질문에 대한 답을 갖고 있지 않은 똑같은 상황에 처한 존재들의 사고를 탐구했다. 분명한 건 내가 스스로 알았던 것, 즉 아무것도 알 수가 없다는 것 말고는 다른 어떤 것도 알아낼 수 없었다는 것이다.

나는 무엇인가?

무한의 일부다.

실상 이 두 단어 속에 전체 과제가 놓여 있다. 정말 인류는 이 질문을 겨우 어제부터 스스로에게 던졌을까? 그리고 똑똑한 아이라면 절로 입 밖으로 내뱉을 법한 이 단순한 질문을 정말 나 이전에는 그 누구도 스스로에게 던져본 적이 없었던가?

실상 이 질문은 사람들이 존재한 이래로 제기되어 왔다. 그리고 사람들이 존재한 때부터 이 질문의 해결을 위해 유한한 것에 유한한 것을, 무한한 것에 무한한 것을 동일시하여 비교하는 것은 불충분하다는 것이 납득되고, 그래서 사람들이 존재한 때부터 무한한 것에 대한 유한한 것의 관계가 발견되었고 표현되었던 것이다.

우리는 무한한 것에 유한한 것을 동일시하고 그 안에서 삶, 하나님의 개념, 자유, 선의 의미로 이어지는 모든 개념들을 논리적인 연구에 맡기고 있다. 그리고 이 개념들은 이성의 비판을 버텨내지 못하고 있다.

우리가 아이들처럼 어떤 자부심과 자기만족감을 가지고 아이들처럼 시계를 분해하고 태엽을 꺼내어 그것을 장난감으로 만들고, 그 후에 시계가 더 이상 작동하지 않는 것에 놀란다면 무서운 일은 아닐지라도 우스운 일임에는 틀림없다.

무한한 것을 가지고 유한한 것의 모순을 해결하는 일, 그리고 삶을 가능케 해주는 그러한 삶의 질문에 대한 대답은 필요하고 소중하다. 그리고 이것은 우리가 어디서나, 언제나, 모든 민족들에게서 발견할 수 있는 유일한 해결책이다. 우리에게는 사람들의 삶이 사라지는 시간을 초월한 해결책이며, 그 비슷한 것조차도 만들 수 없을 만큼 어려운 해결책이다. 우리는 모든 사람에게 본질적으로 내재되어 있으나 우리에게는 답이 없는 그러한 질문을 또다시 제기함으로써 그 해결책을 경솔하게 허물어 버리고 있는 것이다.

무한하신 하나님의 개념, 영혼의 신성함, 사람들의 일과 하나님의 관계, 도덕적 선과 악의 개념은 우리 눈에는 가리워진 인류의 먼 과거 속에서 만들어진 핵심적 개념이며, 이것이 없었다면 삶도 없고 나 자신도 없었을 것이다. 그런데 나는 이 모든 인류의 작업을 버리고 모든 것을 새로운 방식으로 그리고 나만의 방식으로 하고 싶어 한다.

나는 당시에는 그렇게 생각하지는 않았지만, 이러한 사고들의 싹은 이미 내 안에 있었다. 나는 깨우쳐 갔다.

1) 쇼펜하우어 그리고 솔로몬과 함께 하는 나의 입장이 우리의 지혜에도 불구하고 어리석다는 것이다. 우리는 삶이 악(惡)임을 이해하면서도 어쨌든 살아가고 있다. 이것은 분명히 어리석다. 만약 삶이 어리석은 것이라면, 내가 뭐든지 이성적인 것을 그토록 좋아하니, 삶이란 소멸시켜야 할 필요가 있는 것이고 그러면 삶을 부정할 사람도 없을 것이다.

2) 나는 우리의 모든 추론들이 마치 톱니에 걸리지 않는 바퀴처럼 마법에 걸린 원 안에서 맴돌고 있다는 것을 깨달았다. 우리가 아무리 여러 차례에 걸쳐 제대로 추론했어도 질문에 대한 답을 얻을 수 없으며, 결국 항상 $0 = 0$이 될 것이므로, 우리의 방식이 아마도 잘못된 것이다.

3) 나는 신앙에 의해 주어진 대답들에는 인류의 가장 깊은 지혜가 담겨 있고, 나는 이성에 근거하여 그것들을 부인할 권리가 없으며, 무엇보다도 이 대답들만이 삶의 질문에 대해 대답을 하고 있다는 것을 깨닫기 시작했다.

X

나는 이것을 깨달았지만, 이로 인해 내 마음이 더 편해지지는 않았다. 이제 어떤 신앙이라도 받아들일 준비가 되어 있었지만, 그것이 나에게 이성을 직접적으로 부정하는 것을 요구하지 않는 경우에 한해서였다. 그런 것은 거짓말이 될 게 뻔하다. 그리고 나는 불교와 마호메트교를 책을 통해 연구했고, 무엇보다도 기독교는 책을 통해서뿐 아니라 나를 둘러싸고 있는 살아 있는 사람들을 통해서도 배웠다.

나는 자연스럽게 먼저 내 부류의 신앙인들, 학식 있는 사람들, 정교회의 신학자들, 수도사 원로들, 새로운 사조의 정교회 신학자들 그리고 심지어 구속[역자 주: 救贖, Redemption, 대가를 지불하고 속박 상태에서 풀려나는 것]에 대한 믿음을 가지고 구원으로 회심케 하는 소위 새로운 기독교인들에게도 찾아갔다. 그리고 나는 신앙인들을 꼭 붙잡고 매달리며 그들이 어떻게 믿고 있는지 그리고 삶의 의미를 보고 있는지 조목 조목 캐물었다.

아무리 백보 양보하고, 모든 논쟁을 피했음에도 불구하고 나는 그들의 신앙을 받아들일 수 없었다. 나는 그들이 신앙이라고 내세우는 것이 삶의 의미를 설명하는 것이 아니라 오히려 그것을 가리는 것이고, 그들 스스로는 나를 신앙으로 인도했던 삶의 질문에 대한 답을 하기 위한 것이 아니라 내게는 생소한 어떤 전혀 다른 목적을 위한 것을 위해 자신들의 신앙을 주장하는 것을 보았다.

나는 이러한 사람들과 교류하면서 희망을 가졌다가 다시 이전의 절망으로 돌아가는 고통을 수없이 경험했다. 그들이 나에게 자신의 신앙교리를 더욱 자세히 풀어놓을수록, 그들의 착각이 더욱 분명히 보였고, 그들의 신앙 안에서 삶의 의미에 대한 설명을 찾을 수 있으리라는 나의 희망이 사라지는 것을 더욱 선명하게 느꼈다.

나를 떠밀어낸 것은 그들이 자신들의 신앙교리 속에서, 나에게 항상 친숙했던 기독교적 진리에 덧붙여 쓸데없고 비이성적인 요소들을 섞어 놓았기 때문이 아니었다. 나를 떠밀어낸 것은 그들의 삶이나 나의 삶이나 똑같았고, 단 한 가지 차이점으로는 그들의 삶이 자신들이 신앙교리 안에서 설파하는 원칙들과 일치하지 않았다는 것뿐이었다. 나는 그들이 스스로를 기만하고 있으며, 그들 역시 나처럼 삶이 지속되는 한 살아가고, 손에 닿는 것은 가능한 한 모두 움켜쥐는 것 외에 다른 삶의 의미를 갖고 있지 않다는 것을 분명히 느꼈다. 그들에게 만약 결핍, 고통, 죽음을 두려워하지 않게 만드는 삶의 의미가 존재했다면, 그들은 그것들을 두려워하지 않았을 것이다. 그런데 우리 부류의 신앙인들인 그들은 똑같이 나처럼 풍요롭게 살았고, 그것을 더욱 늘리거나 유지하려 애쓰며, 빈곤과 고통과 죽음을 두려워했다. 그리고 나와 모든 비신앙인들과 마찬가지로 정욕을 충족시키는 삶을 살면서 비신앙인들만큼이나, 어쩌면 더 추잡하게 살아갔다.

어떠한 추론들도 그들의 믿음이 참되다는 것을 나에게 확신시킬 수 없었다. 오직 그들이 실제로 보여주는 행동들, 즉 내가 두려워하는 극빈, 질병, 죽음이 그들에게는 두렵지 않다는 것을 보여주는 행동만이 나를 설득할 수 있었을 것이다. 그러나 우리 부류의 이 다양한 형태의 신앙인들 가운데서 나는 그러한 행동을 전혀 보지 못했다. 그러한 행동은 오히려 우리 부류 중 가장 신앙이 없는 사람들 사이에서 본

적은 있어도, 우리 부류에서 소위 신앙인이라고 하는 사람들 사이에서는 결코 보지 못했다.

그리고 나는 이 사람들의 신앙이 내가 찾던 신앙이 아니라는 것을, 그들의 신앙은 신앙이 아니라 단지 쾌락주의적인 삶의 위안 중 하나일 뿐이라는 것을 깨달았다. 이 신앙은 어쩌면 임종을 앞두고 회개하는 솔로몬에게 위로는 아니더라도 어느 정도 위안으로써는 적합할지 모르지만, 다른 이들의 노역을 향유하면서 유희하기 위해서가 아니라 삶을 창조하기 위해 부름받은 인류 대다수에게는 적합하지 않다는 것을 깨달았다.

온 인류가 살아가고, 삶에 의미를 부여하면서 삶을 지속하려면 이 수십억의 사람들에게는 또 다른 참된 신앙의 지식이 있어야만 한다. 실상 신앙의 존재를 두고 나를 확신케 만든 것은 솔로몬이나 쇼펜하우어 그리고 나 자신이 스스로 목숨을 끊지 않았다는 사실이 아니라, 이 수십억의 사람들이 살아왔고, 지금도 살아가고 있으며, 솔로몬들 같은 우리를 자신들의 삶의 파도 위에 싣고 왔다는 사실이었다.

그리고 나는 가난한 사람들, 평범한 사람들, 배우지 못한 사람들 중에서 신앙을 가진 사람들과 순례자들, 수도사들, 종파 분리론자들[역자 주: 17세기 러시아정교회 개혁에 반대하여 정교회에서 분리된 구교도를 지칭함], 농부들과 가까이 지내기 시작했다.

민중 가운데 이 사람들의 신앙교리 역시 우리 부류 중 무늬만 신자들의 신앙교리와 마찬가지로 기독교적인 것이었다. 기독교적 진리들에도 매우 많은 미신들이 섞여 있었다. 그러나 우리네 부류의 신앙인들이 갖고 있는 미신은 그들에게 완전히 불필요한 것들이었고, 그들의 삶과도 연결되지 않았으며, 단지 일종의 쾌락주의적 오락에 불과한 것이었다. 노동하는 민중 가운데 신앙인들의 미신은 그들의 삶과 밀접하게 연관되어 있어서 이러한 미신이 없는 그들의 삶을 상상할 수도 없는 수준이었다. 그 미신들은 이 삶의 필수 조건들이었다. 우리 부류의 신앙인들의 모든 삶은 그들의 신앙과 모순되었지만, 노동하는 신앙인들의 삶은 신앙의 지식이 준 삶의 의미를 증명하는 것이었다. 그리고 나는 이 사람들의 삶과 신앙을 자세히 들여다보기 시작했고, 내가 들여다보면 볼수록 그들에게는 참된 신앙이 있으며, 그 신앙이 그들에게는 반드시 필요한 것이고, 오직 그 신앙만이 그들에게 삶의 의미와 삶을 지속할 수 있는 가능성을 준다는 확신이 더 깊어졌다. 신앙 없이도 삶이 가능한 우리 부류에서는 천 명 중 겨우 한 명이 자신을 신앙인이라고 인정하는 것과는 반대로 그들 가운데에는 천 명 중 겨우 한 명이 불신자였을 정도였다. 우리 부류에서는 삶이 온통 나태함, 향락, 삶에 대한 불만으로 가득 차 있는 반면, 그들의 삶은 온갖 고된 노동으로 채워져 있었는데 그럼에도 부유한 사람들보다 삶에 대한 불만이 덜했다. 우리 부류의 사람들은 결핍과 고난을 겪을 때 운명에 저항하며 격분했지만, 이 사람들은 병과 고뇌를 아무런 당황함이나 반항 없이 침착하고 확고한 확신 속에서 이 모든 것이 필연적인 것이며, 달리 방도가 있을 수 없고, 이 모든 것이 선이라고 믿으면서 인정하고 있었다. 우리는 똑똑할수록 삶의 의미를 덜 이해하고 우리가 고통받으며 죽는다는 사실에 일종의 냉소를 보이는 것과는 달리 이 사람들은 살아가면서 고통받고 그러면서도 평온함을 간직한 채 오히려 대체로 기쁨 속에 죽음을 맞이하고 있다. 우리 부류에서는 공포와 절망이 없는 죽음, 평온한 죽음이 가장 드문 예외적인 것이지만, 대조적으로 민중 가운데에서는 불안하고 비순종적이며 기쁨이 없는 죽음이 가장 드문 예외적인 것이었다. 그리고 솔로몬과 같은 우리들에게 삶의 유일한 낙이라 여겨지는 모든 것을 빼앗긴 그런 상황에서도 오히려 가장 큰 행복을 누리는 사람들이 셀 수 없이 많았다. 나는 내 주위를 더 넓게 둘러보았다. 과거와 현재를 살아가는 거대한 대중의 삶을 자세히 들여다보았다. 그리고 나는 삶의 의미를 깨닫고, 어떻게 살아야 하며, 어떻게 죽어야 하는지를 아는 사람들이 두 명, 세 명, 열 명 아니라 수백, 수천, 수백만 명에 이르는 것을 보았다. 그리고 그들 모두가 자신의 성격, 지능, 교육, 지위 면에서 무한히 다양함에도 불구하고 모두가 하나같이 나의 무지와는 완전히 대조적으로 삶과 죽음의 의미를 알고 있었으며, 평온하게 노동을 했고, 결핍과 고통을 견뎠고, 살아냈고 그리고 이 속에서 헛됨이 아닌 선을 보며 죽음을 맞이했다.

그리고 나는 이 사람들을 사랑하게 되었다. 살아 있는 사람들의 삶 속으로 그리고 내가 읽고 들었던 고인이 된 사람들의 삶을 더 깊이 파고 들어갈수록 나는 그들을 더욱 사랑하게 되었고, 내게도 산다는 것일 더 편해졌다. 그렇게 약 2년을 살아 보니 오래 전부터 내 안에서 준비되고 있었고 언제나 내 안에 천성으로 있었던 대전환이 내게 일어났다. 우리 부류의 삶, 즉 부유한 사람들과 배운 사람들의 삶에 넌더리를 느꼈을 뿐만 아니라 모든 의미를 잃어버렸다. 우리의 모든 행동들, 추론들, 학문, 예술 이 모든 것이 나에게는 단순한 장난질처럼 보였다. 나는 이 안에서 삶의 의미를 찾는 것은 불가능함을 깨달았다. 삶을 창조하는 노동을 하며 살아가는 민중들의 행동이 내게는 유일한 참된 일로 여겨졌다. 그리고 나는 이 삶이 부여하는 의미가 진실임을 깨달았고, 그것을 받아들였다.

XI

그리고 종교적 신념들에 반하는 삶을 살았던 사람들이 신앙고백을 할 때는 그러한 종교적 신념들은 무의미한 것들로 보였으며 나를 종교로부터 멀어지게 했는데, 내가 사람들이 종교적 신념들로 살아가고 있음을 보았을 때 그 종교적 신념들은 나를 매료시켰으며 이성적으로 보였다. 그 당시에는 이러한 종교적 신념들을 버렸고 왜 그것들을 무의미한 것들로 여겼다가, 왜 지금은 그것들을 받아들이고 의미로 충만해 있다고 여기는지를 깨달았다. 나는 내가 길을 잃었었고, 어떻게 길을 잃었는지를 깨달았던 것이다. 내가 길을 잃은 것은 내가 잘못 생각했기 때문이라기보다는 내가 추악하게 살아왔기 때문이었다. 내게서 진실이 가려진 것은 내 사고의 오류 때문이라기보다는, 나의 쾌락주의와 정욕에 만족하는 예외적인 조건들 속에서 보냈던 내 삶 자체 때문임을 깨달았다. 나는 내 삶이 무엇인가에 대한 나의 질문과 그 답, 즉 악이라는 것은 완전히 옳았음을 깨달았다. 잘못된 것은 단지 나에게만 해당되는 그 대답을 내가 삶이란 것 전반에 적용한 것이었다. 나는 스스로에게 내 삶이 무엇이냐고 물었고, 악하고 무의미하다는 답을 받았다. 그리고 정말 그랬다. 나의 삶, 곧 정욕을 묵인하는 삶은 무의미하고 악했다. 그렇기 때문에 인생은 악하고 무의미하다는 답은 오직 나의 삶에만 해당될 뿐 인간의 삶 전체에는 해당되지 않았다. 나는 훗날 복음서에서 내가 발견한 진리, 즉 사람들은 자신의 행위가 악했기 때문에 빛보다 어둠을 더 사랑했다는 것을 깨달았다. 왜냐하면 악을 행하는 자는 누구나 빛을 미워하며 빛으로 나오지 아니하나니 이는 자기 행위가 드러날까 함이다. 나는 삶의 의미를 이해하기 위해서는 우선 삶이 무의미하고 악하지 않도록 해야 하며, 그런 다음에야 삶의 의미를 이해하기 위한 이성이 필요하다는 걸 깨달았다. 나는 왜 그렇게도 오랫동안 명백한 진리 주위만 맴돌았는지를 깨달았고, 만약 우리가 인류의 삶에 대해 생각하고 이야기하려면, 몇몇 기생충들의 삶이 아니라 온 인류의 삶에 대해 말하고 생각해야 한다는 것을 깨달았다. 이 진리는 항상 $2 \times 2 = 4$와 같은 진리였다. 하지만 나는 그것을 인정하지 않았다. 왜냐하면 $2 \times 2 = 4$를 인정하면 내가 나쁘다는 것을 인정해야 하기 때문이었다. 그리고 나에게는 나 자신을 좋은 사람으로 느끼는 것이 $2 \times 2 = 4$보다 더 중요하고 더 절대적인 것이었다. 나는 좋은 사람들을 사랑했고, 나 자신을 증오했으며, 진리를 인정했다. 이제 내게는 모든 것이 명확해졌다.

만일 고문과 참수하는 일로 일생을 보내는 사형 집행인이나 죽은 사람이나 다름없는 술주정뱅이나 평생 어두운 방에 틀어박혀 방을 더럽히고 이 방을 나가면 죽을 것이라고 상상하는 미치광이가 있는데, 그들이 스스로에게 '삶이란 무엇인가?'라고 묻는다면 분명히 그들은 '삶은 가장 큰 악'이라는 대답 외에는 다른 답을 얻을 수 없었을 것이다. 그리고 미치광이의 답은 완전히 옳았겠지만, 그러나 그건 오로지 그만을 위한 답이다. 뭐야, 나도 똑같이 미치광이가 아닐까? 설마, 우리 부유한 사람들, 배운 사람들 모두는 역시 똑같이 미치광이들이 아닐까?

그리고 나는 우리가 정말로 그런 미치광이들임을 깨달았다. 나야말로 아마 그런 미치광이였을 것이다. 그리고 정말로 새는 날고, 모이를 모으고, 둥지를 틀어야만 하는 것으로 존재한다. 그리고 새가 이런 일을 하는 것을 볼 때 나는 그 새의 기쁨으로 인해 기뻐한다. 염소, 토끼, 늑대는 반드시 먹고, 번식하고, 가족을 먹여 살려야만 하는 것으로 존재하며, 그들이 이렇게 할 때 그들은 행복하고 그들의 삶은 이성적이라는 확고한 인식이 나에게는 있다. 그렇다면, 인간은 무엇을 해야 하는가? 사람도 동물들처럼 똑같이 삶을 꾸려 나가야 한다. 그러나 단 하나의 차이점이 있는데, 그것은 그가 혼자서 삶을 꾸려 나가려고 하면 죽게 된다는 것이다. 그는 삶을 자신을 위해서가 아니라, 모두를 위해서 꾸려 나가야 한다. 그리고 그가 그렇게 할 때, 나는 그가 행복하고 그의 삶이 이성적이라는 확신이 든다. 그러면 나는 삼십 년간 의식 있는 삶을 사는 동안 무엇을 했던가? 나는 모두를 위한 삶을 꾸려 나가지 않았을 뿐만 아니라 나 자신을 위한 삶도 꾸려 나가지 않았다. 나는 기생충처럼 살았다. 그리고 내 스스로에게 나는 왜 사는지 물은 뒤 답을 얻었다.

"아무 이유도 없어."

만약 인간 삶의 의미가 그것을 꾸려 나가는 것에 있다면, 그러면 삼십 년 동안 삶을 꾸려 나가지 않고 오히려 그것을 자신과 다른 사람들 안에서 무너뜨려온 일을 해온 내가 어떻게 내 삶이 무의미함과 악이라는 것 이외에 다른 답을 얻을 수 있었겠는가? 내 삶은 정말 무의미함과 악이었다.

세상의 삶은 누군가의 의지에 따라 이루어진다. 누군가는 온 세상과 우리의 삶들을 가지고 자신의 어떤 일을 하고 있다. 이 의지의 의미를 이해하려는 희망을 가지려면, 무엇보다도 그것을 수행해야 한다. 즉 우리에게 원하는 것을 행해야 하는 것이다. 그리고 만약 나에게 원하는 것을 하지 않는다면, 나는 나에게서 원하는 것이 무엇인지조차도 결코 이해할 수 없을 것이고, 더욱이 우리 모두와 전 세계로부터 원하는 것이 무엇인지도 결코 이해할 수 없을 것이다.

만일 벌거벗고 굶주린 거지가 네거리에서 붙잡혀서는 지붕이 있는 좋은 시설로 끌려와 먹고, 마시게 한 후 막대기를 위아래로 움직이도록 강요당했다면, 그렇다면 그가 왜 붙잡혀 왔는지, 막대를 왜 움직여야 하는지, 이 시설 전체의 구조가 합리적인지 따지기 전에, 거지한테는 우선 막대기를 움직이는 것이 필요한 일이다. 만약 그가 막대기를 움직인다면, 그는 그 막대기가 펌프를 작동시키고, 펌프가 물을 끌어올리고, 물이 밭으로 흘러간다는 것을 이해하게 될 것이다. 그때 그를 지붕이 있는 우물에서 데리고 나와, 다른 일에 배치할 것이다. 그리고 그는 열매를 거두어 그의 주인을 기쁘게 할 것이다. 그리고 하급의 일에서 시작해 상급의 일을 맡게되면서 시설 전체의 구조를 점점 더 깊이 이해하고 그 일에 참여하게 될 것이다. 결코 내가 왜 여기 있는지 물어볼 생각조차 하지 않을 것이며, 더군다나 주인을 절대 비난하지 않을 것이다.

그렇게 주인의 뜻을 따르는 사람들, 즉 우리가 가축으로 여기는 평범한 사람들, 노동자들, 배우지 못한 사람들은 주인을 비난하지 않는다. 그런데 여기 우리 현자들은 주인의 것을 다 먹어치우고, 정작 주인이 우리에게 원하는 일은 하지 않는다. 그리고 일을 하는 대신, 우리는 원형으로 둘러앉아 "왜 막대기를 움직여야 하지? 정말 이건 멍청한 짓이야!" 하며 논하고 있다. 그러다 다다른 생각이, 주인이 어리석거나 혹은 아예 존재하지 않고, 반면 우리는 똑똑하긴 한데 아무데도 쓸모가 없다고만 느껴지고, 그러니 어떻게든 스스로 자기 자신을 없애 버려야 한다는 생각에까지 이르게 된 것이다.

XII

이성적 지식의 오류를 자각함은 나를 쓸데없는 사색의 유혹에서 벗어나도록 도와주었다. 진리의 지식은 삶을 통해서만 찾을 수 있다는 확신은 나로 하여금 내 삶이 올바른지 의심하도록 일깨워주었다. 그러나 나를 구원한 것은 내가 스스로 배타적 특권에서 벗어날 수 있었다는 것과 평범하게 일하는 민중의 참된 삶을 본 것과 그리고 오직 이것만이 참된 삶이라는 것을 깨달았다는 것뿐이었다. 만약 삶과 그 의미를 깨닫고 싶다면, 기생충의 삶이 아니라 참된 삶을 살아야 한다는 것, 그리고 진짜 인류가 삶에 부여한 그 의미를 받아들이고, 그 삶과 하나 되어 그것을 검증해야 한다.

바로 그 무렵 나에게 다음과 같은 일이 일어났다. 그해 내내 거의 매 순간 올가미로든 총탄으로든 나의 삶을 끝내버려야 하는지 스스로에게 물었다. 내가 말했던 사고와 관찰의 과정들과 함께했던 그 모든 시간에 내 마음은 고통스러운 감정에 사로잡혀 있었다. 나는 이 감정을 하나님을 찾는 갈망이라고 밖에 부를 수 없다.

나는 하나님을 찾으려는 갈망이 추론이 아닌 감정이었다고 이야기한다. 왜냐하면 이러한 갈망은 내 사고의 과정에서 나온 것이 아니라 오히려 그 정반대로 마음으로부터 흘러나온 것이었다. 그것은 두려움, 고독, 온통 낯선 것 가운데 외로움 그리고 누군가의 도움을 바라는 희망의 감정이었다.

나는 신의 존재를 증명하는 것이 불가능하다는 것을 완전히 확신하고 있었음에도 불구하고(칸트는 이것이 증명될 수 없다는 것을 나에게 증명했고, 나는 칸트의 말을 충분히 이해했다), 여전히 하나님을 찾았고, 하나님을 발견할 수 있으리라 희망했으며, 찾으려 했으나 끝내 발견하지 못한 존재에게 오랜 습관에 따라 기도했다. 나는 때때로 칸트와 쇼펜하우어가 제시한 신의 존재를 증명하는 것이 불가능하다는 논거를 검토하다가, 때로는 그것을 반박하려 들기도 했다. 나는 스스로에게 원인은 공간이나 시간과 같이 사유의 범주가 아니라고 말했다. 내가 존재한다면, 그것에는 원인이 있으며, 그 원인들에도 원인이 있다. 그리고 이 모든 것의 원인을 바로 하나님이라고 부른다. 그리고 나는 이 사고 속에 머물면서, 모든 혼신을 다해 이 원인의 현존을 인식하고자 노력했다. 그리고 내가 그 권세에 속하는 어떤 힘이 존재한다는 것을 인식하는 순간, 즉시 삶의 가능성을 느꼈다. 그러나 나는 스스로에게 이렇게 물었다.

'이 원인, 이 힘은 대체 무엇이란 말인가? 나는 그것에 대해 어떻게 생각해야 하며, 내가 하나님이라고 부르는 것과 어떻게 관계해야 하는 것인가?'

그리고 내 머릿속에는 오직 익숙한 대답들 만이 떠올랐다. "그분은 창조자이며 섭리이시다." 이런 대답들은 나를 만족시키지 못했고, 삶을 위해 필요한 것이 내 안에서 사라지고 있다는 것을 느꼈다. 나는 두려움에 사로잡혔고 내가 찾고 있던 그분께 나를 도와 주십사 기도하기 시작했다. 그리고 내가 더 많이 기도할수록, 그가 내 기도를 듣지 않는다는 것과 내가 향할 수 있었던 누군가는 아무도 없다는 사실이 더욱 분명해졌다. 그리고 나는 마음속으로 '하나님은 없다, 없어.'라고 절망하며 말했다.

"주여, 긍휼을 베푸소서, 나를 구하소서! 주님, 나를 가르치소서, 나의 하나님!"

하지만 아무도 나에게 긍휼을 베풀지 않았고, 나는 삶이 멈춰가는 것을 느꼈다.

그러나 다시 그리고 또다시 나는 여러 가지 다른 방향으로부터 다음과 같이 인정하기에 이르렀다. 즉 내가 아무런 동기도, 원인도 그리고 의미도 없이 이 세상에 생겨날 수 없다는 것, 내 스스로 느꼈던 것 같이 마치 둥지에서 떨어진 아기 새처럼 될 수는 없다는 것이다. 설령 내가 떨어진 아기 새이며 몸이 뒤집혀 높이 자란 풀밭 속에서 누워 울고 있더라도, 내가 삐약거리며 우는 것은 어미가 나를 품속에서 품었었고, 부화시켰고, 따뜻하게 해주었고, 먹였고, 사랑했다는 것을 알기 때문이다. 그녀, 이 엄마는 어디에 있나? 만일 내가 버려졌다면, 누가 버린걸까? 나는 누군가가 나를 사랑으로 낳아줬다는 사실을 나로부터 숨길 수 없다. 그 누군가가 대체 누구인가? 또다시 하나님이다.

"그분은 나의 구도, 절망, 투쟁을 알고 있고 보고 있다. 그는 계신다."

나는 스스로에게 말했다. 그리고 내가 단 한순간이라도 그것을 인정하기만 하면 내 안에서 곧바로 삶이 되살아났고 나는 생존의 가능성과 기쁨을 느꼈다. 그러나 나는 또다시 하나님의 존재를 인정한 것에서 그분과의 관계를 찾는 단계로 넘어가곤 했다. 그리고 다시 나에게는 우리의 창조주이시고 삼위로 계시며 구속자 아들을 보내신 우리의 하나님이 떠올랐다. 그리고 또다시 세상과 나에게서 멀리 떨어진 하나님은 얼음조각처럼 내 눈앞에서 녹고 녹아서 아무것도 남지 않았고, 다시 삶의 근원은 말라버렸고, 나는 절망에 빠졌고, 스스로 목숨을 끊는 것 외에는 할 일이 없다고 느꼈다. 그리고 무엇보다도 최악이었던 것은, 나는 이것조차도 할 수 없다는 것을 느꼈다는 것이다.

두 번, 세 번이 아니라 수십 번, 수백 번이나 때로는 기쁨과 생명력이 넘쳤다가 때로는 또다시 절망과 삶의 불가능성을 자각하는 상황에 빠졌다.

그것이 이른 봄이었던 걸로 기억하는데 숲의 소리를 들으며 나는 숲속에 혼자 있었다. 지난 3년 동안 끊임없이 같은 생각을 해왔던 것처럼 나는 귀 기울였고 오직 한 가지에만 골몰했다. 나는 다시금 하나님을 찾고 있었다.

"좋아, 어떠한 하나님도 없어."

난 스스로에게 말했다.

"나의 상상이 아니라 나의 모든 삶처럼 실재하는 하나님은 없어, 그런 건 없어. 그리고 아무것도, 어떠한 기적들도 이걸 증명할 수 없어. 왜냐하면 그 기적들도 내 상상일 뿐일 테고, 게다가 여전히 비이성적일 테니까.”

“하지만 내가 찾고 있는 하나님에 관한 나의 인식은?”

나는 스스로에게 물었다.

“이런 인식 같은 것은 어디서 왔을까?”

그리고 다시 이런 생각을 하는 순간, 다시 한번 내 안에서 삶의 기쁨에 겨운 파도가 솟아올랐다. 내 주변의 모든 것이 살아났고 의미를 갖게 되었다. 하지만 내 기쁨은 오래가지 못했다. 이성이 자신의 일을 계속했다.

“하나님에 대한 인식은 하나님이 아니야.”

나 스스로에게 말했다.

“인식이란 내 안에서 일어나는 일이고, 하나님에 대한 인식은 내가 내 안에서 일으킬 수도 있고, 일으키지 않을 수도 있어. 이런 것은 내가 찾는 것이 아니야. 나는 그것 없이는 삶 자체가 존재할 수 없었던 그런 것을 찾고 있는 거야.”

그리고 다시 내 주변과 내 안의 모든 것이 죽어 가기 시작했고, 나는 또다시 내 목숨을 끊고 싶었다.

그러나 그 순간 나는 나 자신을 돌아보았다. 내 안에서 일어났던 것을 돌아보았다. 그리고 나는 내 안에서 일어났던 수백 번의 죽음과 되살아남을 모두 떠올렸다. 나는 내가 하나님을 믿었을 때에만 살았었다는 것을 기억했다. 예전에도 그랬듯이 지금도 마찬가지이다. 나는 스스로에게 말했다. 하나님에 대해 내가 알기만 하면, 나는 살아간다. 그를 잊거나 믿지 않으면, 나는 죽는다. 도대체 이 되살아남과 죽음은 무엇인가? 사실, 내가 하나님의 존재에 대한 믿음을 잃을 때 나는 살아있지 않다. 정말 나에게 하나님을 찾는다는 희미한 희망조차 없었더라면 나는 오래 전에 목숨을 끊었을 것이다. 정말 나는 살아있다. 오직 그분을 느끼고 그분을 찾을 때만 진정 살아 있다. 그렇다면 나는 도대체 무엇을 더 찾고 있는 것인가?

내 속에서 목소리가 외쳤다. 바로 여기 그가 계신다. 그분 없이는 살아갈 수 없다. 하나님을 아는 것과 산다는 것은 매한가지이다. 하나님이 곧 삶이다.

"하나님을 찾으며 살아라. 그러면 하나님이 없는 삶이란 없을 것이다."

그러자 그 어느 때보다도 더 강하게 내 안과 내 주변의 모든 것이 밝아졌다. 그리고 그 빛은 다시는 나를 떠나지 않았다.

그리고 나는 자살로부터 구원받았다. 언제, 어떻게 내 안에서 이러한 전환이 일어났는지 나는 말할 수 없었다. 내 안에서 삶의 힘이 눈에 띄지 않게 점차적으로 소멸되어 살아갈 수 없는 지경, 삶의 중단, 자살의 필요성에 이르렀던 것처럼, 이 삶의 힘도 점차적이고 눈에 띄지 않게 내게 돌아왔다. 그리고 이상하게도 내게 돌아온 그 삶의 힘이 새로운 것이 아니라 가장 오래된 것이었고, 내 삶 초기의 시간들 속에서 나를 이끌었던 것이었다. 나는 모든 면에서 가장 예전의 유년 시절과 청년 시절로 돌아왔다. 나는 나를 창조하고 나에게서 무언가를 원하는 의지에 대한 신앙으로 돌아왔다. 내 삶의 가장 중요하고 유일한 목표인 더 나아지는 것, 즉 이 의지와 더욱 조화롭게 사는 것으로 돌아왔다. 이 의지의 발현이 온 인류가 나에게는 보이지 않는 먼 옛날 자신의 방향성을 위해 만들어 온 것에 속해 있음을 알게 되었다. 즉 나는 하나님, 신앙과 도덕적 완성, 그리고 삶의 의미를 전해준 전통적 신앙으로 돌아왔다. 단 하나 차이점이라면 그때는 이 모든 것을 무의식적으로 받아들였지만, 이제는 이것 없이는 살 수 없다는 것을 알게 되었다는 것이다.

마치 이런 일이 일어난 것 같았다. 기억은 잘 안 나는데, 언제였던가, 나는 조각배에 태워진 채 어떤 낯선 강둑에서 밀쳐내졌다. 나를 조각배에 태운 이는 다른 강둑을 가리키며 경험 없는 두 손에 노를 쥐여 주고는 홀로 남겨놓았다. 나는 할 수 있는 한 최대한 성심껏 노를 저었다. 그러나 내가 중심부로 나아갈수록 그만큼 물살은 점점 빨라져서 나는 목표에서 더 멀리 떠밀려 갔다. 그리고 점점 더 자주 나와 똑같이 물살에 떠밀려 흘러가는 다른 항해자들과 마주쳤다. 계속해서 노를 젓는 외로운 항해자들도 있었고,

노를 던져버린 항해자들도 있었다. 큰 배들, 군중으로 가득 찬 선박들도 있었다. 어떤 이들은 물살과 싸웠고, 다른 이들은 그저 물살에 몸을 맡겼다. 그리고 나는 더 멀리 항해할수록 물의 흐름을 따라 아래로 흘러가는 사람들이 향하는 방향을 바라보며, 내가 가야 할 방향을 잊어버렸다. 흐름의 한가운데에서, 떠내려가는 배들과 노를 젓는 배들 사이의 혼잡 속에서, 나는 완전히 방향을 잃고 노마저 내팽개쳐 버렸다. 항해자들은 즐거움과 환희에 차서 나와 서로에게 다른 방향은 있을 리 없다고 확신시키면서 나를 둘러싸고 돛과 노를 이용해 물살을 따라 아래로 흘러갔다. 그리고 나는 그들을 믿고 그들과 함께 떠내려갔다. 그렇게 멀리 떠밀려 갔는데, 배를 부수어 버릴 듯한 급류 소리를 들을 만큼 떠내려왔고 이윽고 그 속에서 부서진 배들을 보았다. 그제서야 나는 정신을 차렸다. 나는 오랫동안 나에게 무슨 일이 일어났는지 이해할 수 없었다. 나는 내 앞에 오직 파멸만을 보았다. 그것을 향해 달려왔으면서도 그것으로 인해 두려웠다. 어디에서도 구원을 찾지 못했고, 무엇을 해야 할지도 알지 못했다. 그러나 뒤를 돌아보니 셀 수 없이 많은 배들이 보였다. 그 배들은 끊임없이 강한 의지로 물살을 거슬러 나아가고 있었다. 나는 강둑과 노와 방향에 대해 기억을 떠올렸고 물살을 거슬러 뒤쪽 상류를 향해 노를 저어 가기 시작했다.

강둑은 하나님이었고, 방향은 전통이었고, 노는 강둑까지 저어가는 것, 즉 하나님과 하나로 연합함으로써 나에게 주어진 자유였다. 그렇게 해서 삶의 힘이 내 안에서 되살아났고, 나는 다시 살기 시작했다.

XIII

나는 우리 부류의 삶은 삶이 아니라 단지 삶의 모조품이란 것을 깨달은 후 이를 거부했다. 우리가 살고 있는 과분한 환경들은 우리에게서 삶을 이해할 수 있는 가능성을 빼앗아 가고 있다. 그리고 삶을 이해하기 위해서는 삶의 기생충들인 우리와 같은 예외적인 삶이 아니라 평범한 노동하는 민중, 즉 삶을 만들어 가는 사람들의 삶과 그들이 삶에 부여하는 의미를 이해해야 한다. 내 주변의 평범한 노동하는 민중은 러시아 민중이었고 나는 그들과 그들이 삶에 부여하는 의미에 눈길을 돌렸다. 이 의미는 표현하자면 다음과 같다. 모든 사람은 하나님의 뜻에 따라 이 세상에 왔다. 그리고 하나님은 모든 사람이 자신의 영혼을 파괴할 수도 또는 구원할 수도 있도록 인간을 창조하셨다. 삶 속에서 인간의 과제는 자신의 영혼을 구원하는 것이다. 자신의 영혼을 구원하기 위해서는 하나님의 뜻대로 살아야 한다. 그런데 하나님의 뜻에 따라 살기 위해서는 삶의 모든 즐거움을 버리고, 노동해야 하고, 겸손하며, 인내하고, 자비로워야 한다. 이러한 내용은 성직자들과 전통에 의해 민중들에게 전해졌고, 지금도 전해지고 있는 신앙 교리에서 얻는다. 설화, 속담, 이야기 안에 표현되어 민중 속에 살아있는 이 의미는 내게는 분명했고, 내 마음에 와닿았다. 하지만 내가 속해 살았던 분리파가 아닌 우리 민중들은 내가 그들로부터 멀어지게 했고, 이해할 수 없어 보였던 많은 것들, 즉 이러한 민중 신앙의 의미와 불가분의 관계로 얽어져 있다. 즉 성사, 교회 예배, 금식, 성유골들과 이콘[역자 주: 기독교에서 예수, 성모 마리아, 성인 등을 그린 성화를 의미한다]들에 대한 숭배이다. 민중은 이것들을 서로 떼어낼 수 없으며, 나 역시도 그럴 수 없었다. 민중의 신앙에 포함된 많은 것들이 나에게는 이상했지만, 나는 모든 것을 받아들이고, 예배에 가고, 아침저녁으로 기도하고, 금식하고, 성찬을 나누었다. 처음에는 내 이성이 아무것도 거부하지 않았다. 이전에는 나에게 불가능해 보였던 일이 이제는 더 이상 나에게 거부감을 일으키지 않았다.

신앙에 대한 나의 태도는 그때와 지금은 완전히 다르다.

이전에는 삶 자체가 의미의 실행처럼 보였고, 신앙은 내게는 전혀 불필요하고 비이성적이며 삶과는 관련이 없는 어떤 규범들에 기반한 제멋대로인 주장처럼 보였다. 그러자 나는 이러한 규범들이 무슨 의미가 있는지 자문해 보았고, 아무런 의미가 없다는 것을 확인하고는 그것들을 버렸다. 하지만 이제는 반대로, 내 삶이 아무 의미도 가지지 않으며 가질 수도 없다는 것을 나는 확실히 알게 되었고, 신앙의 규범들은 불필요하다고 생각되지 않으며, 오히려 의심할 여지 없는 경험을 통해 오직 이 규범들만이 삶에 의미를 부여한다는 확신에 이르게 되었다. 이전에는 그것들을 쓸데없는 불가사의한 암호문처럼 여겼지만, 이제는 내가 이해하지 못하더라도 그 안에 의미가 있다는 것을 알고 있었고, 그것을 이해하려고 노력해야 한다고 스스로에게 되뇌었다.

나는 다음과 같이 추론했다. 나는 스스로에게 말했다. 신앙에 대한 지식은 이성을 지닌 모든 인류와 마찬가지로 비밀스러운 기원으로부터 흘러나온다. 이 기원은 곧 하나님이며, 인간의 육신과 이성의 기원이기도 하다. 내 육신이 하나님으로부터 계승되어 나에게 전해진 것처럼, 내 이성과 나의 삶의 통찰 또한 그렇게 전해진 것이다. 따라서 삶에 대한 통찰의 모든 발전 단계들도 거짓일 수 없다. 사람들이 진심으로 믿는 모든 것은 진실이어야 한다. 그 진실은 다양한 방식으로 표현될 수는 있지만, 결코 거짓일 수는 없다. 그러므로 그것이 내게 거짓처럼 보인다면, 그것은 단지 내가 그것을 이해하지 못하고 있을 뿐임을 의미한다. 게다가 나는 스스로에게 말했다. 모든 신앙의 본질은 그것이 죽음으로 인해 소멸되지 않는다는 의미를 삶에 부여한다는 것에 있다. 당연한 말이지만, 사치 속에서 죽음을 맞는 왕, 노동으로 고통받는 늙은 노예, 아무 생각 없는 아기, 지혜로운 노인, 정신이 흐릿한 노파, 젊고 행복한 여자, 정욕에 요동치는 청년 등 삶의 여건과 교육 수준이 매우 다양한 모든 사람의 질문에 신앙이 답하려면, 그리고 정말로 인생의 영원한 질문, 즉 "나는 왜 사는가? 내 인생에서 무슨 일이 일어날 것인가?"라는 물음에 단 하나의 대답이 있다면 그 대답은 본질적으로 하나일지라도, 그 표현 측면에서는 무한히 다양해야 하는 것이 당연하다. 그리고 이 대답이 더욱 통일되고 진실되고 깊을수록, 각자의 교육 수준과 지위에 맞게 표현하려고 스스로 시도하는 속에서 이상하고 기형적으로 보일 수밖에 없는 게 당연하다. 하지만 신앙의 의례적인 측면의 이상함을 나 스스로 정당화하려 했던 이 모든 추론들은 내 인생에서 가장 유일하고 본질적인 문제인 신앙 면에서 조금이라도 의심이 드는 행동을 나 스스로에게 허락할 만큼 충분한 것은 아니었다. 나는 그들 신앙의 의례적 측면을 따르고 지키면서 영혼과 온 힘을 다해 민중과 하나가 되기를 바랐다. 그러나 나는 그렇게 하지 못했다. 내가 그렇게 한다면, 나는 스스로에게 거짓말을 하는 것이며, 나를 위해 성스러운 것을 조롱하는 셈이 될 것이라는 것을 느꼈기 때문이다. 그러던 중 우리 러시아에서 최근 출간된 신학 서적들이 도움이 되었다.

이 신학자들의 설명에 따르면, 신앙의 기본 교리는 흠이 없는 교회이다. 이 교리를 인정하면, 필연적인 결과로서 교회가 고백하는 모든 것이 진리라는 결론이 도출된다.

사랑으로 연합하고 참된 지식을 가진 믿는 사람들의 모임인 교회가 내 신앙의 토대가 되었다. 나는 하나님의 진리는 한 사람에게만 허용될 수는 없고 사랑으로 연합된 공동체 전체를 통해 비로소 드러나는 것이라고 스스로에게 말했다. 진리를 깨닫기 위해서는 분열되어서는 안 되고 분열되지 않기 위해서는 동의하지 않는 사람과도 사랑하고 화해해야 한다. 진리는 사랑에 의해 열린다. 그러므로 만약 당신이 교회의 의식에 복종하지 않는다면 당신은 사랑을 어기는 것이고 사랑을 어기면 진리를 깨달을 수 있는 가능성을 잃게 된다. 당시의 나는 이러한 추론 속에 담겨있는 궤변을 보지 못했다. 나는 당시에는 사랑을 통한 연합이 가장 위대한 사랑을 가져올 수는 있을지라도 니케아 신경[역자 주: 325년 제1차 니케아 공의회에서 기독교의 핵심 교리를 정리하고, 삼위일체(성부, 성자, 성령)의 신앙을 명확히 하기 위해 만들어진 공식 신앙 고백문] 속에서 특정한 단어들로 표현된 신학적 진리를 줄 수는 없다는 사실을 보지 못했다. 또한 사랑이 어떤 식으로든 공동체의 일치를 위해 특정한 신앙적 표현을 의무화시킬 수 있을 것이라고는 전혀 생각할 수 없었다. 당시에 나는 이런 추론의 오류를 깨닫지 못했었고 그 덕분에 대부분 이해하지도 못하면서 정교회 교회의 모든 성례들을 받아들이고 수행할 수 있었다. 나는 온 마음을 다해 어떠한 추론들이나 모순들을 피하려 애썼고, 내가 마주하는 교회의 규범들을 가능한 한 이성적으로 설명하려고 노력했다.

나는 교회의 성례를 따르면서 나 자신의 이성을 겸손하게 하고 온 인류가 지켜온 전통에 스스로를 복종시켰다. 나는 나의 조상들, 내가 사랑했던 아버지, 어머니, 할아버지들, 할머니들과 연결되었다. 그들 그리고 이전의 모든 선조들도 그렇게 신앙생활을 했었고 일생을 살았고 그리고 나를 낳았다.

나는 민중들 속에 있는 내가 존경하는 수많은 사람들과도 연결되었다. 게다가 이러한 행위 자체에는 추악한 것이 전혀 없었다(나는 정욕에 빠지는 것을 묵과하는 것은 악하다고 여겼다). 교회 예배를 보기 위해 새벽에 일찍 일어났는데, 이런 이유만으로도 내가 잘하고 있다고 생각했다. 왜냐하면 내 지성의 교만을 누그러뜨리고, 선조들과 동시대 사람들에게 더 가까워지며 삶의 의미를 찾기 위해, 나는 육신의 안락을 희생하고 있었기 때문이다. 성찬 전 고해 중에도 그랬고, 매일 절을 하며 기도문을 낭독할 때에도, 모든 금식들을 지킬 때에도 마찬가지였다. 이러한 희생들이 아무리 보잘것없을지라도 그것은 선을 위한 희생이었다. 나는 성찬 전 고해에 참여했고 금식을 했고 집과 교회에서 정해진 시간에 기도를 드렸다. 교회 예배를 볼 때 나는 모든 단어마다 주의를 기울였고 가능한 한 거기에 의미를 부여했다. 성찬식에서 나에게 가장 중요했던 말씀은

“한마음으로 서로 사랑하고…”였다. 이어지는 “성부와 성
자와 성령을 고백하노라.”라는 말들은 이해할 수 없어서
그냥 넘어가곤 했다.

XIV

그 당시 내가 살기 위해서는 믿음이 절실히 필요했기에, 나는 무의식적으로 신앙 교리의 모순점과 불분명함을 외면하고 감추며 살았다. 하지만 성례들에 의미를 부여하는 것에는 한계가 있었다. 만일 지속되는 기도문의 주요 구절들이 내게 분명하게 이해되었다면, 내가 "우리의 지극히 거룩하신 성모 마리아와 모든 성인들을 기억하며, 우리 자신과 서로 서로를, 그리고 우리의 모든 삶을 그리스도 하나님께 맡깁시다."라는 말도 그럭저럭 설명했다면, 내가 황제와 그의 인척들을 위한 기도가 자주 반복되는 것은 그들이 다른 사람들보다 더 많은 유혹을 받기 때문에 더 많은 기도가 필요하다는 논지로 설명했다면, 적과 원수를 발아래 굴복 시킴에 대한 기도들에 대해 적은 곧 악이라는 의미로 설명했다면, 이에 반해 케루빔[역자 주: 하나님의 거룩한 보좌를 둘러싼 최고 계급의 천사들. 개신교 성경에 나오는 그룹과 같은 의미] 찬가나 성찬 준비 예식의 모든 성사 또는 '승리의 장수께' 등 전체 예식의 거의 삼분의 이에 해당하는 이런저런 기도들은 아예 설명들이 없었고, 혹 이해하려고 애쓴다 해도 그것은 내가 스스로를 속이는 것이며, 그렇게 억지로 해석을 하는 순간 나는 하나님과의 관계를 파괴하고, 신앙의 가능성을 완전히 상실하게 된다는 것을 느꼈다.

나는 주요 절기들을 기리는 것에서도 동일한 경험을 하곤 했다. 안식일을 지키는 것, 즉 하나님께 하루를 바치는 것은 내게 이해가 됐다. 그러나 가장 중요한 절기인 부활절, 나는 그 실제성을 상상하거나 이해할 수 없었다. 그리고 매주 경축하는 날은 주일[역자 주: 러시아어에서 일요일(воскресенье)은 부활(воскресение)과 발음이 거의 동일하다]이라는 이름으로 불렸다. 그리고 이날에는 성찬예식이 집전되었는데 나는 그 의식을 전혀 이해할 수 없었다. 성탄절을 제외한 나머지 열두 절기들은 모두 기적들에 대해 기억하는 날이었고, 나는 이를 부정하지 않을 요량으로 애써 생각하지 않으려 했었다. 예수승천축일, 성령강림축일, 주님공현축일, 성모보호축일 등이 등이 이에 해당한다. 이러한 절기들을 기리면서 내가 중요하지 않다고 생각했던 것들이 중요하게 여겨지는 것에 대해, 스스로를 안심시키기 위한 설명들을 스스로 만들어내거나, 나를 흔들고 미혹하는 것들을 보지 않기 위해 눈을 감아버리곤 했다.

가장 일반적인 전례이자 가장 중요한 것으로 여겨지는 세례식과 성찬예식에 참여할 때 이런 일들이 제일 심하게 일어났다. 이때 나는 이해할 수 없는 행위들만이 아니라, 완전히 이해되는 행위들과도 맞부딪혔다. 이 행위들은 나에게는 미혹하는 것들로 여겨졌다. 그래서 나는 거짓말을 해야 할지, 완전히 내팽개쳐야 할지 딜레마에 빠졌다.

오랜 세월이 흘렀어도 처음 성찬예식에 참여했던 바로 그날 내가 겪었던 고통스러운 감정을 결코 잊지 못할 것이다. 예배, 고해성사, 규범들, 이 모든 것들은 내가 이해할 수 있었고, 삶의 의미가 내게 계시되어 옴에 기쁜 마음이 들었다. 나는 성찬 자체가 그리스도를 기억하고 죄로부터 정화되고 그리스도의 가르침을 온전히 받아들이는 것을 상징하는 행위라고 스스로에게 설명했다. 비록 그것이 인위적인 설명이었을지라도, 나는 그것의 인위성을 눈치채지 못했다. 평범하고 순박한 사제인 고해신부 앞에서 나 자신을 낮추어 겸손한 자세로 내 영혼의 모든 더러움을 끄집어 내

놓고 자신의 악한 죄들을 참회하는 것은 나에게는 그렇게도 기뻤다. 기도문을 쓴 교부들의 열망들이 내 생각들과 합치될 때 너무나 기뻤고, 믿음을 가졌던 사람들 그리고 지금 믿는 사람들과 하나되는 것이 너무나 기뻐서 나는 내 설명의 인위성조차 전혀 느끼지 못했다. 하지만 내가 성소의 황제의 문[역자 주: 정교회 성전의 성소 입구 중앙의 문. 제단으로 들어가는 문]에 다가갔을 때, 사제는 나에게 내가 믿는 바를 반복하여 낭송하게 했고, 내가 곧 입 안으로 삼킬 것들이 진정한 몸과 피임을 믿는다고 강요받았을 때, 내 가슴은 찔려왔다. 그것은 단순한 위선적 음성이 아니라 명백히 신앙이 도대체 무엇인지 알지 못했던 누군가에 대한 잔인한 강요였다.

하지만 이제서야 이것은 잔인한 강요였다고 말할 수 있는 것이고 당시에는 이런 생각조차 하지 않았는데, 단지 형언할 수 없이 고통스러웠을 뿐이었다. 나는 더 이상 삶 속의 모든 것이 명확하다고 여겼던 젊었을 때와 같은 상태에 있지는 않았다. 신앙 이외에는 정말 아무것도 찾지 못하고 오직 파멸만을 발견했기 때문에 나는 결국 신앙으로 돌아왔다. 따라서 이 신앙을 버릴 수는 없었고 그저 순종했다. 그리고 내 영혼 속에서 이것을 참고 견뎌내는 데 도움이 되는 감정을 발견했다. 그것은 자기 비하와 겸손의 감정이었다. 나는 순종했다. 신성모독적인 감정 없이 오직 믿고자 하는 마음으로 이 피와 살을 삼켰다. 하지만 이미 타격을 받았다. 그리고 다음에 나를 기다리고 있는 것이 무엇인지 이미 알고 있었기에, 나는 다시는 갈 수 없었다.

나는 이전과 다름없이 교회의 성례들을 계속하여 행했고, 내가 따르던 그 교리 속에 진리가 있다고 여전히 믿었다. 그리고 지금은 분명하게 이해되지만 당시에는 이상하게 생각되었던 일이 내게 일어나고 있었다.

나는 문맹인 떠돌이 농부가 하나님, 신앙, 삶, 구원에 대해 나누는 대화를 들었다. 그러고는 신앙의 지식이 내게 열렸다. 나는 민중과 가까워졌고, 삶과 신앙에 대한 그들의 판단을 들었고, 그러면서 점점 더 많이 진리를 깨닫게 되었다. 체티-미네아[역자주: 러시아 정교에서 매일 읽는 성인전과 교훈 모음집을 의미]와 프롤로그[역자주: 러시아 정교에서 사용되는 또 다른 성인전 및 교훈집(요약본)]들을 읽을 때에도 마찬가지였다. 이들은 나의 애독서가 되었다. 기적들은 배제한 채, 사상을 표현하는 우화들을 읽으면서, 이 독서의 시간은 내게 삶의 의미를 열어주었다. 거기에는 마카리 대성자[역자주:

기독교에서 매우 유명한 4세기 이집트의 사막 수도자이자 독실한 영성가, 성인(聖人)]와 요아사프 왕자(붓다 이야기)의 전기들이 있었고, 거기에는 요한 즐라토우스트[역자주: 4~5세기 대주교로 '황금 입'이라는 별명으로 정교회·가톨릭에서 최고의 설교자]의 말씀들, 우물 속 나그네 이야기, 금을 발견한 수도자 이야기, 세리 베드로 이야기 등이 있었다. 또한 거기에는 죽음이 삶을 배제하지 않는다고 하나같이 선포한 순교자들의 이야기가 있었다. 거기에는 문맹이고 어리석으며 심지어 교회의 가르침에 대해 전혀 몰랐지만 구원받은 자들에 대한 이야기들도 있었다.

하지만 내가 학식이 있는 신자들과 교류하거나 그들이 집필한 책을 집어 들기만 하면, 내 안에서는 어떤 자기 의심, 불만, 반감이 일어났다. 그리고 그들의 말에 깊이 빠져들수록 진리에서 멀어지고 낭떠러지를 향해 나아가고 있다는 것을 느꼈다.

XV

얼마나 자주 그들의 문맹과 무학을 두고 농민들을 부러워했던가! 나에게는 분명히 무의미한 것들만 도출되었던 신앙의 규범들로부터, 그들에게는 어떠한 거짓된 것도 나오지 않았다. 그들은 그것들을 받아들일 수 있었고 내가 믿었던 진리, 바로 그 진리를 믿을 수 있었다. 다만 오직 불행한 나에게만은 진리가 가장 가느다란 실처럼 거짓과 함께 얽혀 있음이 분명했고, 나는 그런 형태로 있는 진리를 받아들일 수 없다.

그렇게 난 삼 년 정도를 살았다. 처음에는 세례교육을 받는 교리문답 학생처럼 진리에 조금씩만 다가갔다. 오직 직감에 이끌려 더 밝아 보이는 곳으로 나아갔고, 이러한 모순에도 나는 크게 놀라지 않았다. 내가 무언가를 이해하지 못할 때면, 나는 스스로에게 "내가 잘못한 거야, 내가 바보야."라고 말했다. 하지만 내가 배웠던 진리들에 더욱 심취

할수록, 그 진리들이 삶의 기초가 되어갈수록, 이 모순들은 점점 더 힘겨워지고 더 현저해졌다. 그리고 내가 이해할 능력이 없어서 이해하지 못하는 것과 스스로를 속이지 않고서는 달리 이해하는 게 불가능한 것 사이의 그 경계는 점점 더 뚜렷해졌다.

이런 의심과 고통에도 불구하고 나는 여전히 정교회를 고수했다. 그러나 해결해야만 했던 삶의 문제들이 발생했고 이때 교회를 통해 이러한 문제들을 해결하는 방식은, 내가 간직하고 살아왔던 그 신앙의 근본 자체에 반하는 것이었고, 그것은 나로 하여금 정교회와 더불어 지낼 생각 자체를 완전히 단념하게 만들었다.

첫 번째로, 정교회의 가톨릭과 소위 종파 분리론자들에 대한 태도였다. 이 시기에 나는 신앙에 대한 관심으로 인해 다양한 교파의 신자들과 가까워졌다. 가톨릭 신자들, 개신교도들, 구교파 신자들, 몰로칸파 등이 있었다. 그리고 나는 그들 가운데서 도덕적으로 고결하고 진실한 신앙인들을 많이 만났다. 나는 이 사람들의 형제가 되고 싶었다. 그런데 이게 뭔가? 모두를 하나의 신앙과 사랑으로 연합시켜 줄 것을 나에게 약속했던 그 가르침, 바로 그 가르침이, 자기들의 가장 뛰어난 대표자들을 통해 나에게 이렇게 말했다. 이 사람들은 모두 거짓 속에 있는 사람들이며 그들에게 살아갈 힘을 주는 것은 악마의 유혹이라고, 그리고 우리만이 유일한 진리를 소유하고 있다고 말이다. 그리고 나는 정교회 신자들이 그들과 동일하게 신앙을 고백하지 않는 모든 사람들을 이단자로 여기는 것을 보았다. 가톨릭과 다른 종파들이 정교회를 이단으로 여기는 것과 내내 매한가지였다. 정교회와 동일한 외적인 상징들과 단어들로 자신의 신앙을 고백하지 않는 모든 사람들에게, 정교회는 그것을 감추려고는 하지만 적대적으로 대하는 것을 보았다. 그도 그럴 것이, 첫째로, '너는 거짓 안에 있고 나는 진리 안에 있다.'는 말은 한 사람이 다른 사람에게 할 수 있는 가장 잔인한 말이기 때문이다. 그리고 둘째로는, 자녀와 형제를 사랑하는 사람은 그 자녀와 형제를 거짓 신앙으로 개종시키려는 사람들에게 적대적으로 대하지 않을 수 없기 때문이다. 그리고 이 적대감은 교리를 더 알게 될수록 더 강해진다. 사랑의 연합 속에 진리가 있다고 생각한 나에게는 바로 그 교리 자체가 자신이 이루려는 것을 파괴하고 있다는 것이 절로 눈에 들어왔다.

다양한 신앙의 형태가 존재했던 여러 나라에서 살았었던 우리와 같이 교육받은 사람들에게는, 그리고 가톨릭 신자가 정교회 신자와 개신교 신자에게, 정교회 신자가 가톨릭 신자와 개신교 신자에게 그리고 개신교 신자가 둘 다에게 그리고 구신도파, 파쉬코프파, 셰이커 교도와 모든 종파가 서로에게 보이는 경멸적이고 자기 확신에 차있으며 확고부동한 반대의 태도를 가지고 대하는 것을 본 우리에게는 그 미혹의 명백함 자체가 처음에는 당혹스러울 정도까지 자명하다.

스스로 말해보라. 정말이지 이렇게 단순했을 리가 없다. 어찌 됐든 사람들이 이런 사실을 보지 못했을 리가 없다. 만약 두 개의 주장이 서로를 부정한다면, 신앙이라는 것이 반드시 갖춰야 할 그 유일한 진리는 이쪽에도 저쪽에도 없다는 것을 말이다. 여기에 무언가가 있다. 어떤 설명이라도 있을 거라고 나는 생각했고 그 설명을 추적해 다녔으며 이 주제에 대해 읽을 수 있는 모든 것을 읽었고 조언을 구할 수 있는 사람들과는 모두 상의해 보았다. 그리고 숨스키 기병대는 세상에서 제일가는 연대는 숨스키 기병대라고 생각하고 있고, 반면 황색 창기병대는 세계 일등 연대는 바로 황색 창기병대라고 생각하고 있는 것과 똑같은 식의 설명말고는 아무런 설명을 얻을 수 없었다. 모든 다양한 교파들의 성직자들 중 최고의 대표자들조차도 나에게 말한 것은 오직 자기들은 진리 안에 있고 다른 이들은 오류 속에 있다는 것이며 그들이 할 수 있는 전부는 그들을 위해 기도하는 것뿐이라는 것이었다. 나는 수도원장들, 주교들, 장로들, 그리고 스키마 수도승들을 찾아다니며 질문했다. 그리고 그 누구도 나에게 이러한 미혹을 설명하려는 어떤 시도도 하지 않았다. 그들 중 오직 한 사람만이 나에게 모든 것을 설명해 주었다. 그러나 설명은 딱히 그랬고 이제는 누구에게도 더 이상 물어보지 않는다.

나는 신앙으로 나아가려는 모든 비신앙인들을 위해(여기에는 모든 우리 젊은 세대가 속한다) 이런 질문이 첫 번째가 되어야 한다고 말했다. 왜 진리는 루터교도 아니고, 가톨릭도 아니고, 정교회에 있는가? 이건 학교에서 가르치고 있는 것이니 개신교도와 가톨릭교도 공히 자신들의 신앙이 유일한 진성이라고 주장하고 있다는 것을 이에 무지한 농부처럼 몰라서는 안 된다. 각 교파에 의해 자기 편에게 유리하게 왜곡된 역사적인 증거들만으로는 불충분하다. 나는 말했다. 참된 신앙인들에게는 그 차이가 의미가 없는 것처럼, 그 구별점들이 사라질 수 있도록 좀더 고차원적으로 이해하고 해석할 수는 없을까? 우리가 구교도들과 함께 걷고 있는 그 길을 따라서 좀 더 나아갈 수는 없을까? 그들은 우리 쪽의 십자성호, 할렐루야, 제단을 도는 의식들이 다르다고 주장했다. 우리는 말했다.

"당신들은 니케아 신경과 일곱 가지 성사를 믿습니다. 그리고 우리도 믿습니다. 자, 이것은 같이 지킵시다. 그런데 나머지 것들에 대해서는 맘대로 하세요."

우리는 신앙에서 본질적인 것을 비본질적인 것보다 위에 둠으로써 그들과 연합했다. 이제는 가톨릭교도들에게도 이렇게 말할 수는 없을까?

"당신들은 이것저것 주요한 것은 믿고 있으니, 필리오케[역자 주: filioque, 라틴어로 '아들로부터'라는 뜻으로 기독교 삼위일체 교리에서 성령이 어디에서 나오는지에 대한 논쟁과 관련된 용어이다]나 교황과 관련해서는 당신들 뜻대로 하세요."

개신교도들과도 주요한 부분에서 그들과 연합하면서 똑같은 말을 할 수는 없을까? 나의 대화 상대는 내 생각에 동의했지만, 그런 양보는 조상의 신앙에서 뒷걸음질 치는 것이라는 점에서 영적인 권위에 대한 비난을 불러일으키고 종파 분열을 초래할 것이라고 말했다. 그리고 영적 권위의 사명은 조상으로부터 전해 받은 그리스 러시아 정교 신앙을 완전히 순수하게 지키는 데 있다고 말했다.

그리고 나는 모든 것을 이해했다. 나는 신앙으로부터 삶의 힘을 찾고 있다. 그런데 인간의 의무를 사람들 앞에서 수행하기 위해 최선의 수단을 찾고 있을 뿐이다. 그리고 그러한 인간의 일을 수행하면서 그저 사람의 방식으로 수행하고 있다. 그들이 길을 잃은 형제들에 대해 애통해 하거나 지극히 높으신 이의 보좌 앞에서 그들을 위한 기도를 아무리 여러 번 드려도, 사람이 일을 수행하기 위해서는 폭력이 필요하고, 그 폭력은 항상 수반되어 왔고, 지금도 수반되고 있으며, 앞으로도 수반될 것이다.

만일 두 교파가 자신은 진리 안에 있고, 서로 상대는 거짓 안에 있다고 여긴다면, 형제들을 진리로 이끌기 위해 그들은 자신의 가르침을 전파하게 될 것이다. 그런데 만약 진리 안에 거하는 교회의 미숙한 아들들에게 거짓된 가르침이 전파된다면, 그 교회는 책을 불태우지 않을 수 없고, 그 아들들을 미혹하는 사람을 내쫓지 않을 수 없을 것이다. 그렇다면 인생에서 가장 중요한 신앙 안에서, 정교회의 입장이라면 거짓된 신앙의 불꽃에 타올라 교회의 자녀들을 미혹시키는 그 이단자들을 어떻게 해야 하는가? 머리를 베거나 감옥에 가두는 것 말고는 방법이 없지 않나? 알렉세이 미하일로비치 시대에는 화형에 처했으니, 그 시대의 최고 형벌이 가해졌고, 오늘날에도 마찬가지로 독방 감금이라는 최고 형벌이 가해진다. 나는 신앙의 이름으로 행해지는 이 모든 일을 보고 경악했고, 거의 완전히 정교회와 단절해 버렸다. 삶의 문제들에 대한 교회의 두 번째 태도는 전쟁과 처형에 대한 태도였다.

이 시기에 러시아에서 전쟁이 일어났고, 러시아인들은 기독교적 사랑의 이름으로 자기 형제들을 죽이기 시작했다. 이것에 대해 생각하지 않을 수 없었다. 살인은 모든 신앙의 가장 본질적인 기본 원칙들에 반하는 악이라는 것을 외면할 수 없었다. 그런데도 동시에 교회에서는 우리 군대의 승리를 위해 기도했고, 신앙의 교사들은 이 살인을 신앙에서 우러나오는 일로 인정했다.

나는 전쟁 중에 일어나는 살인들뿐만 아니라, 전쟁 이후의 혼란한 시기에도 길을 잃고 무력한 젊은이들을 살해하는 것에 찬성하던 교회의 구성원들과 교회 교사들, 수도자들, 스키마 수도승들을 보았다. 그리고 나는 기독교를 따르는 사람들에 의해 자행되는 모든 일들에 주목했고 이내 경악했다.

XVI

그리고 나는 의심하는 것을 멈췄다. 그러고는 내가 동조했던 그 신앙의 지식 안에 있는 모든 것이 진리인 것은 아니라는 것을 완전히 확신하게 되었다. 이전 같았으면 나는 모든 신앙 교리는 거짓이라고 말했을 것이다. 그러나 이제는 그렇게 말할 수는 없는 노릇이다. 온 민중은 진리에 기반한 지식을 가지고 있었다. 이것은 의심할 여지가 없었다. 그렇지 않았다면 그들은 살아남지 못했을 것이기 때문이다. 게다가 그 진리의 지식은 이미 나의 가까운 곳에 와 있었고, 나는 이미 그것으로 살았으며 그 진리의 온전한 진실함을 느꼈다. 그러나 그 지식 안에도 거짓이 있었다. 그리고 이것에 대해 나는 의심할 수 없었다. 그리고 이전에 나를 밀쳐냈었던 모든 것이 이제서야 내 앞에 생생히 되살아났다. 비록 나를 밀쳐냈었던 거짓의 불순물이 교회 대표자들 속보다는 모든 민중 속에 더 적게 섞여 있는 것을 보았지만, 어쨌거나 민중의 신앙 안에도 진리에 거짓이 섞여 있음을 나는 보았다.

그러나 거짓은 어디로부터 생겨났고, 진리는 어디로부터 생겨났는가? 그리고 거짓도 진리도 교회라 불리는 것을 통해 전달되었다. 그리고 거짓도 진리도 전통, 소위 성스러운 전통과 성서 속에 포함되어 있다.

그리고 자의든 타의든 나는 이 성서와 전통을 공부하고 탐구하는 쪽으로 이끌리게 되었고, 이것은 내가 지금까지 그렇게 두려워했었던 탐구였다.

그리고 나는 한때 쓸모없는 것이라고 그토록 경멸하며 내팽개쳐 버렸던 바로 그 신학의 연구로 관심을 돌렸다. 당시에 신학은 내게 불필요한 의미 없는 것들의 총체로 여겨졌고, 명확하고 의미가 충만한 것들로 보였던 삶의 현상들이 사방에서 나를 둘러쌌었다. 이제는 건강한 머리에는 들어오지 않는 것을 차라리 내쳐버리고 싶지만, 그것들은 어디로 사라지지도 않고 피할 도리가 없다.

이 신학 교리에 기초를 두고 있거나 혹은 적어도 그것과 불가분의 관계로 연결되어 있는 것이 바로 내가 깨달은 삶의 의미에 대한 유일한 지식이다. 그것이 내 오래되고 완고

한 지성에는 아무리 거칠어 보여도, 이것이 구원을 위한 단 하나의 희망이다. 그것을 이해하기 위해서는 학문의 명제를 이해하는 것처럼 할 것이 아니라 조심스럽고 주의 깊게 살펴보아야 할 필요가 있다. 나는 신앙 지식의 특수성을 알기에 그런 것은 찾지 않고 있으며 찾을 능력도 없다.

나는 세상만물의 설명을 요구하지는 않을 것이다. 나는 이러한 세상의 원리가 모든 것의 시작처럼 무한 속에 숨겨져 있을 수밖에 없음을 알고 있다. 그러나 도저히 설명할 수 없을 수준까지는 이해하고 싶다. 나는 설명할 수 없는 모든 것이 내 지성의 요구가 잘못되어서가 아니라(그 요구들은 옳다. 그리고 그것들의 밖에서는 나는 어떤 것도 이해할 수 없는 것이다), 나 자신의 지성의 한계를 내가 알고 있기 때문이기를 바란다. 모든 설명할 수 없는 명제가 믿어야 할 의무가 아니라 이성의 필연성으로 내게 제시되는 것으로 이해하고 싶다.

의심할 여지가 없이 가르침 안에 진리가 있다는 것은 사실이다. 그러나 그 안에 거짓이 있다는 것 또한 의심할 여지가 없다. 그래서 나는 진리와 거짓을 찾아내고 그것들을 서로 구분해야만 한다. 그래서 이렇게 나는 이 일에 착수하게 되었다. 내가 이 가르침에서 무슨 거짓된 것을 찾았고, 무슨 진실한 것을 찾았으며 그리고 내가 어떠한 결론들에 다다랐었는지는 이 저술의 다음 부분들을 구성할 텐데, 만일 이 저술이 누구에게라도 가치 있고 필요하다면, 필히 언제인가 그리고 어디에선가 출판될 것이다.

이것은 내가 3년 전에 쓴 것이다.

이제 와 인쇄될 부분을 다시 감수하면서 그리고 내가 그것을 경험했을 때 내 안에 있었던 사고의 흐름과 감정들로 되돌아가면서 나는 며칠 전에 꿈을 꾸었다. 이 꿈은 나에게 내가 경험하고 서술한 모든 것을 압축된 형상으로 표현해 주었기에 나를 이해한 사람들에게도 이 꿈의 묘사가 이 페이지들 속에서 너무 길게 서술된 모든 것을 환기시키고, 명확히 하며, 하나로 모아줄 것이라 생각한다. 자! 꿈은 이랬다.

나는 침상에 누워 있는 나를 본다. 좋지도 나쁘지도 않은 상태로, 나는 등을 대고 누워 있다. 하지만 내가 편하게 누워있는가를 생각하기 시작한다. 그리고 내게는 뭔가 다리가 불편한 것 같다는 생각이 든다. 짧아서인지, 반듯하지 않아서인지, 아무튼 뭔가 불편하다. 나는 다리를 꿈지락거리면서 동시에 내가 어떻게 그리고 무엇 위에 누워 있는지를 곰곰이 생각하기 시작한다. 그건 지금껏 내 머리에 떠오른 적이 없었던 것이었다. 그리고 침상을 살펴보니, 나는 침대 양 측면에 고정된 꼬아 만든 밧줄로 된 끈 위에 누워 있었다. 내 발들은 그런 하나의 끈 위에, 종아리는 다른 것 위에 놓여 있었고 다리가 불편했다. 나는 웬일인지 이 끈들을 움직일 수 있다는 것을 알고 있다. 그리고 다리를 움직여서 다리 아래쪽에서 맨 끝에 있는 줄을 밀어내고 있다. 그렇게 하면 더 편안할 것 같다. 그러나 나는 그것을 너무 멀리 밀어버렸고, 다리로 다시 잡으려 했지만 그 움직임으로 인해 종아리 밑의 또 다른 끈이 미끄러져 빠져나가고 내 다리는 아래로 축 늘어진다.

나는 온몸을 움직여 상황을 바로잡으려 하고, 곧 안정될 것이라고 완전히 확신하고 있다. 그러나 그 움직임과 함께 내 아래 다른 끈들까지 미끄러지고 움직이고 있다. 나는 일이 완전히 엉망이 되고 있는 것을 보고 있다. 내 몸의 하반신 전체가 아래로 처져서 매달리고 다리는 땅에 닿지 않는다. 나는 등 윗부분으로만 버티고 있고, 불편할 뿐 아니라 무섭기까지 하다. 바로 그제서야 비로소 나는 예전에는 한 번도 머리에 떠올리지 않았던 것을 스스로에게 질문한다. 나는 어디에 있으며, 무엇 위에 누워 있는가? 나는 둘러보기 시작하고, 가장 먼저 내 몸이 처져 있는 아래를 바라본다. 그리고 내가 지금 틀림없이 떨어질 것이라 여겨지는 그곳을 바라본다. 나는 아래를 내려다보고 내 눈을 믿을 수 없다. 그것은 가장 높은 탑이나 산 정도의 높이가 아니라, 내가 한 번도 상상해 본 적 없는 그런 높이였다.

나는 심지어 내가 저 아래, 매달려 있는 나를 끌어당기는 저 끝없는 심연 속에 뭔가를 보고 있는 것인지 아닌지조차 분간할 수 없다. 가슴이 조여오고, 나는 공포를 느낀다. 그 아래를 바라보는 것은 끔찍하다. 만약 내가 그쪽을 바라본다면 난 지금 바로 마지막 끈 위에서 떨어져 죽게 될 것이라고 느낀다. 나는 그쪽을 보지 않지만, 보지 않는 것이 더 끔찍하다. 왜냐하면 나는 곧 마지막 끈에서 떨어질 때 나에게 무슨 일이 일어날지를 생각하게 되기 때문이다. 나는 공포 때문에 마지막 지탱할 힘을 잃고 천천히 등으로 미끄러져 점점 아래로 더 아래로 미끄러진다. 한순간만 더 지

   레프 톨스토이

나면 나는 떨어질 것이다. 그리고 그때 문득 이런 생각이 든다. 이건 사실일 리 없어. 꿈이야. 깨어나라. 나는 깨어나려 하지만 깨어나지 못한다. 어떡하지, 어떡하지? 나는 스스로에게 묻고, 위를 올려다본다. 위에도 심연이 있다. 나는 그 하늘의 심연을 바라보며, 아래의 심연을 잊으려 애를 쓴다. 그리고 진짜로 잊어가고 있다. 아래의 무한함은 나를 밀어내고 두렵게 하지만, 위의 무한함은 나를 끌어당기고 굳게 잡아준다. 나는 아직 내 밑에서 빠져나가지 않은 낭떠러지 위의 마지막 끈들 위에 매달려 있다. 나는 내가 매달려 있다는 것을 알지만, 나는 그저 위를 바라보고 있고, 그러자 내 두려움이 사라진다. 종종 꿈속에서 니디니듯이 이떤 목소리가 말한다.

"이것을 명심하라, 이것이 그것이다!"

그리고 나는 끝이 없는 위쪽을 계속해서 더 멀리 바라보며, 마음이 진정되는 것을 느끼고, 있었던 모든 것을 기억하고, 이 모든 일이 어떻게 일어났는지를 떠올린다. 어떻게 내가 다리를 움직였고, 어떻게 내가 매달렸고, 어떻게 내가 공포를 느꼈었고 그리고 위를 바라보기 시작함으로써 그 공포에서 어떻게 벗어났는지를 말이다. 그리고 나는 나 자신에게 묻는다. 그래서 지금도 나는 여전히 똑같이 매달려 있는 건가? 그리고 나는 몸을 돌려서 보기보다는 내가 붙잡고 있는 지지점을 온몸으로 느껴본다. 그리고 나는 내가 더 이상 매달려 있지도 않고 떨어지지도 않고 있으며 견고하게 버티고 있는 것을 본다. 나는 내가 어떻게 버티고 있는지를 스스로에게 질문한다. 몸을 더듬으며 확인하고 주위를 둘러본다. 그리고 내 아래 내 몸의 중심 부분 아래에 하나의 끈이 있는데 내가 위를 바라보면서 그 끈 위에 가장 안정된 균형 상태로 누워 있고, 그 끈 하나만이 나를 지탱해 주었던 것임을 본다. 그리고 바로 이때 꿈속에서 종종 일어나듯, 내가 버티고 있는 그 메커니즘이 매우 자연스럽고 이해가 되고 의심할 여지가 없는 것으로 인식된다. 비록 현실에서는 이 메커니즘이 전혀 의미가 없더라도 말이다.

나는 꿈속에서 왜 이전에 이것을 이해하지 못했을까 하고 심지어 놀라고 있다. 알고 보니 내 머리맡에 기둥이 세워져 있고, 비록 이 가느다란 기둥이 서있을 만한 기반이 전혀 없음에도 불구하고 이 기둥의 단단함에는 어떤 의심의 여지도 없다. 그리고 그 기둥에서 아주 기묘하고 동시에 단순하게 어떤 고리가 관통해 나와 있으며, 몸의 중심을 이

고리 위에 두고 위를 바라본다면, 추락에 대한 의문조차 생기지 않는다. 이 모든 것이 나에게 명확했고, 나는 기쁘고 평온했다. 그리고 마치 누군가가 "잘 봐, 꼭 기억해." 하고 말하는 것 같았고, 나는 깨어났다.

(1879~1882)

레프 니콜라예비치 톨스토이 연보

(Лев Николаевич Толстой, 1828-1910)

1828년   러시아 툴라 지방 야스나야 폴랴나 영지의 귀족 가문에서 출생.

1837년   9세에 부친 사망. 친척들의 보호 아래 성장.

1844년   카잔대학교 법학부 입학. 동양언어학과 법학을 공부하나 중도에 퇴학.

1847년   야스나야 폴랴나로 귀향. 농민 교육 실험과 자율적 농학교 설립 시도.

1851년   형 니콜라이를 따라 캅카스로 가서 장교로 복무하며 문학 활동 시작.

1852년   첫 작품 《유년시절(Детство)》 발표. 문단의 주목을 받음.

1854~1855년 크림 전쟁에 참전.《세바스토폴 이야기(Севастопольс кие рассказы)》 발표.

1857년   유럽 여행 중 문명사회의 부패에 실망하고 도덕적 이상 추구의 계기를 얻음.

1862년   귀족 여성 소피야 안드레예브나 베르스와 결혼. 13명의 자녀를 둠.

1863~1869년 대작 《전쟁과 평화(Война и мир)》 집필 및 발표. 역사 철학과 인류애를 결합한 러시아 사실주의의 정점으로 평가됨.

1873~1877년 《안나 카레니나(Анна Каренина)》 집필. 사랑과 도덕, 인간 내면의 갈등을 심층적으로 탐구.

1879~1882년 깊은 정신적 위기와 신앙적 각성의 시기.《회심(Испов едь)》 집필. 교회 제도를 부정하고 삶의 진리를 모색하는 전환점이 됨.

1882년   러시아 검열로 금서 처리되어 국내 출판 불가. 스위스 제네바
        에서 비공식 초판 출간.

1884년   《나의 신앙(В чём моя вера?)》 발표. 정교회의 교리와 성례
        전을 부정하고 개인의 내적 신앙을 강조.

1885년   단편 《사람은 무엇으로 사는가(Чем люди живы)》 발표. 도
        덕적 신앙과 실천의 중요성을 설파.

1886~1887년   철학적 저술 《인생론(О жизни)》 집필 및 출간. '진정
        한 삶'의 의미를 탐구.

1890년대   무소유와 금욕, 채식과 수공노동을 실천. 도덕적 완성과 비
        폭력 사상을 확립.

1897~1898년 《예술이란 무엇인가(Что такое искусство?)》 출간. 예
        술의 목적을 도덕적 감정의 전달로 정의.

1899년   장편 《부활(Воскресение)》 발표. 사회적 불의와 영적 구원
        을 결합한 후기 대표작.

1901년   러시아 정교회로부터 공식적으로 파문당함.

1905~1906년   혁명기의 혼란 속에서도 비폭력과 사랑의 실천을 주장.
        이 시기 《회심(Исповедь)》이 러시아 내에서 처음 합법적으
        로 출판됨.

1909년   《두 노인》,《하느님 나라는 그대 안에 있다》 등 후기 종교 산
        문 완성.

1910년   가족과의 갈등 및 재산 문제로 야스나야 폴랴나를 떠남. 11월
        20일, 방랑 중 폐렴으로 아스타포보 역에서 사망(향년 82세).

옮긴이의 말

모스크바국립대학(MGU)에서 언어연수를 할 때 나의 러시아어 선생님은 리타 알렉산드로브나 톨스타야였다. 톨스타야(Толстая)는 톨스토이(Толстой)의 여성형으로서 톨스토이 가문의 딸들이나 며느리가 부여받는 성이다. 리타 선생님은 바로 톨스토이의 증손자 며느리였던 것이다. 그리고 그녀의 아들이 당시 야스나야 폴라나의 총 관장이었던 블라디미르 일리치 톨스토이였다.

나는 모스크바에서의 연수를 거의 마무리해 가는 시점에 러시아어를 배우겠다고 1년을 함께한 동양의 한국인 제자를 아껴주셨던 리타 선생님 찬스로 톨스토이 생가가 있는 야스나야 폴랴나에 함께 여행을 간 적이 있었다. 그때 눈 덮인 야스나야 폴랴나에서 톨스토이가 지나다녔을 거리를 걸어보고, 조그만 비문만이 여기가 그가 묻힌 곳이라고 알려주는 톨스토이의 소박한 무덤도 찾아가 볼 수

톨스토이의 증손자 며느리 리타 알렉산드로브나 톨스타야와 함께
(1997년 1월 15일 야스나야 폴랴나에서)

가 있었다. 아마 그때는 내 인생의 봄이었던 것 같다.

그렇게 톨스토이와의 만남을 좋은 추억으로 남기고 한국으로 돌아와서는 학교를 졸업하고, 사회로 나오고, 가정을 꾸리고, 일을 하며 근 30년 동안 치열하게 내 삶의 여름을 보냈고, 그러는 동안 톨스토이와 나의 선생님 리타 톨스타야는 내 기억 속에 고이 침전되어 있었다.

이제 삶의 기온이 좀 으스스한, 내 나이 쉰넷. 인생의 초가을에 있는 것 같다. 나는 어려서부터 언젠가는 나의 책을 쓰고 싶다는 생각을 했었다. 그것이 시든 소설이든 수필이든 장르에 상관없이 막연하게 나의 이야기를 책으로 쓰고 싶다는 꿈을 어렴풋이 가지고 있었던 것 같다. 한편 나는 타고난 성향 탓인지 삶의 의미와 진리를 탐색하는 것에 큰 관심이 있었고, 모태신앙이었지만 무늬만 기독교인인 생활을 하다가 쉰을 넘긴 나이에 진정한 신앙에 회심하였고, 비로소 신앙인으로서 삶의 의미를 다시금 탐구하고 있다. 삶의 의미! 내 책의 소재로 이것만큼 중요하고 진솔한 것은 없겠다는 생각을 했다.

그러다 젊은 시절 읽었던 톨스토이의 《Исповедь》를 다시 들추어 보게 되었다. 아마도 그 안에 참고할 만한 내용이 있지 않았나 하는 생각이 든다. 그런데 지나온 내 삶을 어느 정도 반추할 수 있는 시점에서 다시 읽은 톨스토이의 《Исповедь》는 전공 도서 중 하나처럼 읽었던 20대의 《Исповедь》보다 훨씬 깊은 감명을 주었고, 내가 책을 쓴다면 하고 싶었던 모든 이야기가 거기에 담겨 있었음을 보았다. 그리고 정리되지 않은 나의 사색을 서툰 글로 시도하다 이생에선 못다 이룬 꿈으로 남기는 것보다 톨스토이의 《Исповедь》를 번역하는 것이 훨씬 만족스러울 것이라는 생각에 이르게 되었다.

물론 워낙 유명한 러시아의 대문호 톨스토이의 《Исповедь》는 《참회록》, 《고백록》이라는 제목으로 여러 번역본이 이미 오래 전부터 출판되어 있었다. 그런데 다수의 번역본은 러시아어 원문이 아닌 독일어나 영어판을 토대로 이중 번역을 했기 때문에 번역자가 아무리 원문에 충실하게 번역을 하고 싶어도 러시아어 원문이 아니기 때문에 한계가 있어 보인다. 실제 독일어나 영어본을 번역한 책들은 글은 한국어이지만 내용은 무슨 의미인지 꼬여 있어서 제대로 이해하기 어렵고, 러시아어 원문에는 있지도 않은 부분들이 들어가 있어 당황한 경우도 있었다. 그나마 러시아어 원문을 번역한 책은 이중 번역된 책들보다 훨씬 의미 전달이 잘 되게 번역되어 있었다. 그런데 의미 전달에 더 치중하다 보니 의역된 부분이 너무 많다는 게 좀 아쉬웠다. 톨스토이의 《Исповедь》는 글의 유려함이나 아름다운 묘사가 돋보이는 책이 아니라 톨스토이의 깊은 고뇌와 이에 대한 사유가 위대한 것이기 때문에 톨스토이식 사고를 표현하는 맛을 제대로 살리기 위해서는 오히려 의역을 최대한 자제하고 직역을 하는 것으로 이번 번역 삭업에 의미를 두었다. 언어의 체계가 워낙 다르다 보니 러시아어를 한국어로 직역하게 되면 어색하고 매끄럽지 못한 부분들이 많다. 하지만 튀기고 삶는 것보다 다소 거칠더라도 자연산 그대로 횟감의 맛을 전하는데 의의를 두려는 셰프의 마음에 비유하고 싶다.

내가 러시아어를 전공한 것, 톨스토이의 증손자 며느리였던 나의 선생님 리타 톨스타야를 만났던 것, 야스나야 폴랴나에서 톨스토이가 영면해 있는 그 자리에 섰었던 것 그리고 톨스토이가 《Исповедь》의 집필을 마치고 출간했었던 쉰네 살의 똑같은 나이에 나는 7의 책을 번역했다는 것들이 묘하게 오버랩되면서 나와 톨스토이의 인연이 그지없이 반갑게 느껴진다.

끝으로 이 책이 다른 국내 번역서들보다는 훨씬 쉽게 번역되었을 거라고 생각하며 많은 청소년들과 젊은 독자들이 쉽게 읽었으면 하는 바람을 가져본다. 젊어서부터 삶이란 무엇인가라는 질문을 부끄러워하지 않고 당당하게 얘기하면 좋겠다. 그리고 지금 나와 같이 삶의 가을에

들어섰는데 지나온 여름이 허망하고 그동안 깨달았다고
자만했던 삶의 의미를 아직도 찾지 못했음을 느끼는 중장
년들, 이미 삶의 겨울에서 마음의 평안을 구하고 있는 노
년들, 모두에게 앞서 살면서 치열하게 삶의 의미를 탐구
했던 인생 선배 톨스토이의 이 책이 훌륭한 길잡이가 되
기를 기도한다.